촛불혁명 기념 시집

촛불혁명 기념 시집
천만 촛불 바다

2017년 1월 15일 1판 1쇄 인쇄
2017년 2월 2일 1판 2쇄 펴냄

지은이 고은, 신경림 외 59인
펴낸이 윤한룡
기획편집 이은봉, 공광규, 맹문재
디자인 이춘희, 윤려하
관리·영업 김선화

펴낸곳 (주)실천문학
등록 10-1221호(1995.10.26)
주소 서울특별시 성북구 보문로 82-3, 801호(보문동 4가, 통광빌딩)
전화 322-2161~5
팩스 322-2166
홈페이지 www.silcheon.com

ISBN 978-89-392-3003-3 03810

이 책의 출판사 수익금 10퍼센트는 아름다운재단을 통해 세월호 참사를 기억하고
추모하는 사업에 전달 및 문화예술인들의 권리증진 사업에 사용될 예정입니다.

이 도서의 국립중앙도서관 출판시도서목록(CIP)은 e-CIP홈페이지(http://www.nl.go.kr/ecip)와
국가자료공동목록시스템(http://www.nl.go.kr/kolisnet)에서 이용하실 수 있습니다.
(CIP제어번호:CIP2017001125)

촛불혁명 기념·시집

천만 촛불 바다

고은·신경림 외 59인

실천문학사

차례

책머리에

주말마다 열린 열 차례의 촛불 집회에 참가한 사람이
천만 명을 넘었다.
전 세계가 주목하고 있는 이 역사는
아직도 진행 중이다.

촛불은 마침내 대통령 탄핵안 가결까지 이끌어냈다.
가히 정치혁명이고 시민혁명이다.
무너진 민주주의를 국민들이 광장에서 바로세우고 있는 것이다.

이 시집에 함께한 시인들 역시 촛불을 들고 있다.
분노에 갇히지 않고 국민 주권의 노래를 부르는 것이다.

광장에서 외치는 사람들의 목소리가 들린다.

"대한민국은 민주공화국이다"

이 시집에 들어 있는 시인들의 목소리도 들린다.
"광장은 오래오래 즐겁다"
"우리가 꺼지지 않는 민주공화국이다"

2017년 1월 2일
촛불혁명 시집 기획위원회

천만 촛불 바다

나 오늘, 광장에서 너의 춤 흐르는 소리를 듣는다

강은교

나 오늘
광장에서 너의 춤 흐르는 소리를 듣는다
나 오늘
광장에서 너의 눈부신 팔이 분홍 촛불들을 안는 소리를 듣는다
나 오늘
광장에서 너의 허리가 폐허의 내의 껴입고 있는 깃발 위에 눕는 소리를 듣는다
나 오늘
광장에서 너의 꿈 고은 결들이 촛농들의 뺨 적시는 소리를 듣는다
나 오늘
광장에서 모든 모퉁이들이 숨어 있다가 일어서 나오는 소리를 듣는다

아, 광장이여,
촛불들이여, 눈물 새겨진 촛농의 기도문들이여

막다른 골목들이여, 꿈의 맨발들이여
삶들이여, 우리를 이끄는 출발들이여

아, 얼마나 기다렸던가, 저 별들의 비단스카프 밤하늘에 펄럭임을, 입술마다 일어서는 금난초 꽃잎소리를, 뺨에 뺨 부비는 그것들을

나 오늘
광장에서 기억한다, 네가 파도에 앉아 떠나가던 소리를
나 오늘
광장에서 기억한다, 한겨울 바람처럼 얼어버린 네 심장의 넝쿨을
나 오늘
광장에서 기억한다, 네 꿈 방울방울 너의 검은 운동화를

지금과 금지 사이에서 달리는 너
죽는 죽음과 죽은 죽음 사이에서 달리는 너

상처와 상처 사이에서
천둥과 천둥 사이에서
지붕과 지붕 사이에서
접시와 접시 사이에서
빨래와 빨래 사이에서
침묵과 침묵 사이에서
자유와 자유 사이에서
또는
넋과 넋 사이, 불평등과 불평등 사이, 먼지 낀
사랑의 창틀과 창틀 사이

쓰다만 편지와 편지 사이
어머니의 옷고름과 옷고름 사이
시간과 시간 사이
추억과 추억 사이

안개의 바깥이나 비추는 이여
그 가벼운 회중전등을 이제 버려버려라

아, 흐르는 소녀들이여
거기 서라
서서 꽃피어라

꽃피는 광장의 모든 입구여

나 너의 노래를 껴안으리니
이제 꽃피는 광장에서

나 너의 부르튼 맨살 껴안으리니
이제 꽃피는 광장에서

나 너의 혈관의 숲에 부는 바람소리를 들으리니
이제 꽃피는 광장에서

나 너의 크나큰 길을 행운이 걸어오는 소리를 들으리니
이제 꽃피는 광장에서

다 나오셨네

고은

온몸으로 보아
우는 몸으로 보아 저 촛불 바다

젖먹이 세 살 난 아기도
스물아홉 살 엄마가
조심스레 이끄는 아기 수레 타고 나왔네
아기 수레 나아갈 때
여기서도
저기서도 열어주시네

열두 살 초등학교 코흘리개도 나왔네
열다섯 살 중학생
열일곱 살 고등학생도 나왔네
다 나왔네

회사원도
학장도 나왔네

백한 살 할머니도
늙은 아들 손잡고 나오셨네

다 나왔네
다 나오셨네
혹에 나오지 못하였거든
집집마다 뜻을 걸고
일터에도 막을 걸었네

몇 백만 촛불 바다

이 위대한 혁명
이 세계사 처음의 평화혁명

이 촛불의 파도 위에 나왔네

이승의 나도
저승의 나도 나왔네
누구도
어느 누구도 나오셨네

아 이 세상 어떻게 아름다움이겠는가

11월 26일

공광규

오늘은 첫눈이 내리다 비가 되었고
오후 4시도 안 되어 차도를 사람들이 점령했다

광화문 앞에서 청와대 쪽을 향해 모여 앉은 사람들
바람에 펄럭이는 깃발과 태극기들

오른손에 어린 아이의 손을 잡은 엄마가
왼손에 붉은 피켓을 들고 대열을 뚫고 간다

대통령 퇴진!

대통령 하야!

대통령 하옥!

진안에서 징과 꽹과리를 치며 올라왔다
'여성독립운동기념사업회'가 보라색 깃발을 들고 있다

사회진보연대 깃발은 주홍색 무늬다

철도노동조합이 푸른 깃발을
국민의당 전북도당이 녹색 깃발을
정의당이 주황색 깃발을
금융노동조합이 흰 깃발을
민족문제연구소가 결기 넘치는 깃발을 들고 이동한다

더불어민주당이 대통령 퇴진 결의 대회 현수막을 내걸었다
'중고생 혁명'이라고 쓴 깃발도 보인다

전등을 켠 김이 풀풀 나는 포장마차가
오뎅과 번데기와 핫도그와 소시지와 호두과자를 판다

대학생들은 동맹휴학을 하고
재벌도 공범이라는 구호가 난무하다

한국작가회의 깃발을 찾아가는데
펄럭이는 서울연극연합 검은 깃발이 보인다
사람이 많아서 더 이상 움직일 수가 없다
오늘은 백오십만 명이 모였다고 한다

효자동 청운동 삼청동 통의동에서 촛불을 든 군중들이
청와대를 포위하고 있다는 소식이다

광화문 별곡

권서각

기미년 3월 1일 정오
삼천만 우리 겨레 하나 되어
대한독립 만세 부르는
경 그 어떠합니까?

을유년 8월 15일
집집마다 숨겨 두었던 태극기 들고 나와
거리마다 만세 부르는 흰옷 입은 사람, 사람들
경 그 어떠합니까?

1960년 4월 19일
총칼을 두려워하지 않고 거리에 나와
독재정권 물러가라 외치는 꽃다운 학생들의 함성, 행렬
경 그 어떠합니까?

친일에 뿌리박은 독재정권, 군사정권
그 부도덕한 권력에 온몸으로 맞서던

1980년 5월 18일, 1987년 6월
임을 위한 행진곡 부르며 끌려가던 피 묻은 세월
경 그 얼마나 고락에 겨운 나날이었습니까?

그래도 부도덕의 주류는 흐름을 멈추지 않고
정의롭게 사는 이들, 땀 흘려 일하는 이들을
개돼지라 부르며, 종북이라 부르는
경 그 얼마나 좆같습니까?

꽃다운 우리 아이들 304명
차가운 물속에 가라앉는 순간에도
눈 하나 깜짝하지 않던 부도덕한 권력의
그 민낯이 온 세상에 드러났습니다, 아으
경 그 얼마나 끔찍합니까?

2016년 11월 첫눈 오는 날
광화문을 밝힌 180만 촛불의 장엄함이여

방방곡곡 켜진 촛불 52만, 합하여 232만
임 시인과 소설가 경자 누님과
잠시 뒷골목에 스며들어 막걸리 마시는, 변방에서 올라온
위 날조차 모두 몇 분입니까?

공화국(空話國)

권혁재

대한민국은 그냥 공화국이다

대한민국의 주권은 국민에게 있고 모든 권력은 국민으로부터 나온다

다시 경건하게 써본다

대한민국의 모든 위선과 부패는,

국민이 아닌 국민으로부터 나온다.

촛불 광장에서

김광렬

오늘, 광장의 촛불은 보여준다

바위는 수많은 알갱이들로 바스러지며 변화하고

헤아릴 수 없는 알갱이들로 바스러진 흙들은
다시 모여
단단한 암석으로 다져지며 진화하고

하나하나의 촛불들은
도도한 강물로 흐르며 진보한다는 것을

이 나라를 망쳐온 껍데기들은
촛불에 타 한 줄기 연기로 사라져라

촛농이 흘리는 눈물 뼈아프게 새겨라

나는 잘못한 일이 없다고?

진실을 도륙하는
저 사특한 눈동자와 검은 혀의 잎사귀들

광장은 새날을 꿈꾸며 최후까지
가슴 가슴에 뜨거운 촛불을 불끈 움켜쥔다

촛불의 셈법

김명수

하나가 열이 되고 열이 백 되고
백이 천이 만이 십만 백만 되고 천만 되는
다시 천만 백만이 이윽고 하나 되는
덧셈도 뺄셈도 곱셈도 나눗셈도 아닌 이것
그 어느 셈법책 교과서에 없는
하늘의 별 하나가 깜빡거리자
열 개의 별이 같이 깜빡이고
열 개의 별이 백 개가 천 개가 만 개가 십만 개가
일제히 반짝이고
백만 개가 천만 개가 일제히 반짝이고
다시 천만 개의 별이 백만 개로 십만 개로 만 개로 천 개로
이윽고 하나로 타올라 찬란하게 반짝이는
덧셈도 뺄셈도 곱셈도 나눗셈도 아닌 이것
그 어느 교과서 셈법책에 없는
이것은 땅을 하늘로 만들고
바다로 만들고 거대한 파도로 만들고
하늘에 고래를 나르게 하고

하늘을 땅으로 만들고
땅과 하늘 하나가 되고
땅에 별들을 내리게 하여
아득한 밤을 환한 대낮으로
언 겨울을 봄으로, 봄으로 꽃피게 하고
막힌 장벽 타넘고 뛰어넘는
어두운 인류의 새 길을 여는
그대 백만 천만 촛불을 몇 만이라 하는
곡자를 들고 구부려 땅을 재며
사람 수를 곱하려는 옹색한 그대
이것은 곡자가 아니라네
곱셈이 아니라네
셈법책이 아니라네
그대의 셈법은 셈법책에 있지
이것은 순결
위대한 인간의 순결이라네
그대 가슴조차 열어 재치는

이것은 가슴과 가슴의 간곡한 연대
인간이 내디딘 장엄한 행렬
서기 2016년 인간의 역사
12월 위대한 인간의 역사

돌파

김명철

벼랑처럼 단순하고 엄중한 토요일이 왔다
안경을 닦고 먼 곳을 한번 바라본다

자신이 양보한 자리에 들어온 엉뚱한 엉덩이에게
눈을 흘기는 전철의 여학생이 하도 투명해서
내 엄중이 잠시 흐물거린다

광장의 열기에 둥둥 떠다니는 촛불과
광장의 희망에 둥둥 피어나는 눈빛으로
피켓을 든 연인들의 입맞춤을 수긍한다

구호와 함성이 내 목에서는 잘 나오지 않는다
백 년 전의 소리들과 백 년 후의 소리들이
하나로 뭉쳐진 지금의 소리들은
솟아오르거나 저물어버린 자연(自然) 같기도 하다
내 목소리는 자꾸 속으로만 떨린다

촛불을 사이에 두고
친숙한 듯한 사람들의 눈빛과 나의 눈빛이 교차한다
눈빛과 눈빛이 만나 서로의 눈빛을 나누거나
흔들리거나 무너지기도 하는 것이겠지만
하나의 눈빛이 무수한 눈빛을 다물게 해온 지금은
내가 모르는 나의 눈빛마저 함께 가야 할 때

젊은 엄마의 마음을 잡고 따라 나온 아이에게
나의 촛불을 건네준다
촛불을 바라보는 아이의 곧은 눈빛을 따라
출구처럼
아이의 온몸과 함성들이 촛불 속으로 빨려 들어간다
내 목소리에도 힘이 들어가기 시작한다

숨을 곳도 없이

김병호

들판이 비어 있습니다

사과나무만한 얼룩은
무얼 감추다 생겼는지
한참을 들여다봅니다

응달의 눈자리처럼
둘레만 가진 슬픔

얼었다, 녹았다, 다시
고이는 당신처럼, 다정한
거짓말은 지우겠습니다

가지와 숨결 사이
발자국과 한적(閑寂) 사이에
주렁주렁 황홀을 매달겠습니다

숨을 곳도 없는 당신이
그제야 돌아온다면
당신의 이름을 지우겠습니다

당신의 이름을 지우지 못한 들판에는
슬픔도 없습니다

다시는 이곳으로 살러오지 않겠습니다

민초들이여, 분연히 궐기하라

김선태

분노의 촛불이 물결치는 저녁
바야흐로 한국의 정치는
저 50년 전 5공 시절로 되돌아갔다
박정희의 망령이 아직도
여전히 한반도를 떠돌고 있다

어쩌자고 독재자의 무능한 딸이
이 나라의 권력을 틀어쥐고 있으며
어쩌자고 사악한 일개 무당의 딸이
이 나라의 국정을 마음대로 농락하며
그 위에서 광란의 굿판을 벌이고 있는가

치욕스러운 2016년 가을 저녁
이 땅에 단풍이 지기도 전에
대한민국의 민주주의는 고사했다
민초들의 피와 땀으로 어렵게 이룩한
대한민국의 민주주의는 생매장됐다

더 이상 대한민국은 나라가 아니다

아, 슬프도다 민초들이여
이 땅의 백성으로 사는 일이
어찌 이리도 비통하다는 말인가
이 땅의 백성들은 무슨 죄가 이리도 많아
이토록 참혹한 세월을 견뎌야 한단 말인가
문장 한 줄도 제대로 쓰지 못하는 여자를
이 나라의 대통령으로 뽑았단 말인가
정말 이러려고 우리가 백성으로 살아왔나
한없이 자괴감이 들고 괴로울 뿐이다.

부끄럽도다 민초들이여
그간 우리는 얼마나 무기력했던가
역사의 퇴보를 지켜만 보며
얼마나 침묵으로 일관했던가
고통과 절망 속에 신음하며

이 치욕의 세월을 건너왔는가

민초들이여, 민초들이여
이젠 더 이상 참지 말자
저 4월 혁명과 5월 항쟁처럼
분연히 촛불을 들고 일어서
최순실에겐 즉각 사형을
박근혜에겐 즉각 퇴진을 외치자
다시는 이런 치욕스러운
다시는 이런 어처구니없는
세월이 되풀이되지 않도록
박정희의 망령을 확실히 몰아내고
잃어버린 민주주의를 되찾기 위해
촛불을 들고 분연히 궐기하자

궐기하자!

뿔

김성규

왜 초식동물들의 이마에는 뿔이 돋는가
하루 종일 되새김질만하는
땅바닥만 보며 살아온 초식 동물들은
발자국을 쫓아오는
사자와 하이에나와 늑대의 무리가 있는지
종일 귀를 쫑긋거리는
송곳니가 사라진 초식동물들은
웃음소리 하나 없이
짐을 싸서 용달차에 싣는 가족들처럼
사바나 초원의 마른 흙을 밟으며 걷고 있다
뽑히기 전까지
한 번도 갈아본 적 없는 그 뿔은
한 번도 사용해 본 적 없는 이마의 뿔은
원망해본 적 없는 하늘을 향해
초식동물들의 뿔은
왜 타오르듯 하늘을 향해 자라는가

빛의 어머니

김수복

진실로 켜진 불은 꺼지지 않는다
위선과 거짓의 암흑 속에서
빛은 나의 어머니다
그대와
나의 눈동자 속에
광장의 눈동자 속에
호수의 눈동자 속에
죽은 자의 눈동자 속에도
천둥은
다시 부활하듯이
불의 눈동자는 살아 있다
모든 어머니가 우리를 불로 켜듯이
모든 국민이 국가를 부활시키듯이
자유가 진리를 재탄생시키듯이
빛은 모든 우리의 어머니다

알 수 없는 마음이 자라고 있었어

김연필

촛불을 켠다

바라본다

고요한 혁명을

- 박정대 「촛불의 미학」

바람이 부는 벌판에 서 있어 나의 자리를 보면 나의 모습이 보이고 너의 자리를 보면 너의 모습이 보이고, 서로 바라보며 우리가 되는 말을 했어 말을 하는 동안 불빛이 비치고 바람이 불고 바람 앞에 선 촛불이 흔들리고 흔들리고

혁명을 할 거야 바람같이 불고 바람같이 흩어지는 혁명, 혁명이 보이는 눈앞에 서로가 있어 너는 나의 가까운 얼굴, 너와 나는 가까운 얼굴, 얼굴을 보며 혁명을 할 거야 얼굴을 보며 멀리 보이는 그림자를 볼 거야 그림자 앞에 서로 서 있어 나는 걷고 너는 뒤돌아보고 우리는 우리를 서로라고 부를 거야 조금씩 사랑스러운 마음을 할 거야

그림자에 그린 그림이 있어 그려도 그려도 지워지지 않는 그림이 있어 그림 속에 들은 마음을 할 거야 마음으로 다가갈 거야 조금 더 다가갈 거야 언덕 위에 하얀 집이 있어 그 집에 다가가면 아름다운 혁명이 일어난대 그렇게 듣고 우리는 우리의 그림자로 그림을 그렸어 촛대를 들고 조금씩, 하나씩, 하나가 자랄 때까지, 하나가 자라 십만이, 백만이 되는

자꾸 자라는 촛대 앞에서 그림자도 자랐어 이제는 백만의 그림자가 있어 백만의 그림자로 그린 그림이 있어 그림으로 다가가서 사라지고 있어 다들 걷고 있어 걸을 수밖에 없어 그러면서 나는 혁명의 마음을 서술할 거야 서술하고 불러볼래 나를 그리는 사람을 그리는 마음을

자꾸 바람이 불 거야 불어서 흔들릴 거야 흔들려서 꺼질 거야 꺼지고 다시 불붙을 거야 촛대가 자꾸 자라 내 안에 촛대가 이렇게나 자랐어 바라볼 거야 고요한 혁명을 발버둥치는 혁명을 혁명에서 자라는 우리의 괴로움을, 반성을, 반성

해도 돌이키는

벌레 같은 우리들이 계속 나아간다 촛불을 켠다 촛불을 끈다 혁명을 시작한다 서로를 바라본다 바라본다 혁명적인 아침은 아직 밝지 않았다 마음속에 그림자가 휘돈다 사랑한다 사랑한다

우리는 하나야 놀자 다가서자 울자 서로를 보자 우리는 서로 가까운 얼굴, 우리는 서로 가까운 돌이킬 수 없는 마음 없는 사랑 없는 혁명의 그림자 그리고 슬픔

- 김연필, 「나의 투쟁과 혁명은 서정과 사랑이라 하겠다」

서울 촛불

김용락

한국작가회의 본회 새 사무실 입주 고사 및
이사회를 한다기에 영등포 새 사무실에 갔다
옛 마포사무실이 비록 화려한 것은 아니었으나
영등포 사무실은 초라했다
우선 대구에서 올라가 서울역에서 가기가 어려웠다
택시비도 너무 많이 나왔다
탄핵 정국의 어수선한 시국처럼
표절과 독자의 외면으로 위기에 빠졌다는 한국 문학처럼
효용가치가 줄어든 민족문학론처럼
사무실은 서울의 변두리 외진 곳에 어색하게 앉아 있었다
고은 선생이 축사를 하시면서
작가회의가 '환지본처'했다고 말씀했다
금강경에 나오는 그 말씀,
초라한 그곳이 문학의 본래 그 자리……
나는 그동안 문학도, 명예도, 돈도
눈을 너무 높은 데 두고 달려왔는가 보다
부산에서 달려온 시인 서 형과 공 형

전태일의 후예 맹 교수와 광화문광장에 도착해 촛불을 들었다
이미 그곳에는 오월시 김 선배, 고 선배 등 문학인들이

밀물처럼 광화문 이순신 동상 밑에서 촛불을 밝히고 있다
그 촛불을 이정표 삼아 환지본처하자
나 자신부터 촌놈으로,
농부의 아들 본래 그 순수한 자리로 돌아가자
민주주의도 본래 그 자리로 돌아가자
국정농단, 썩어빠진 기득권의 품 안에서
민주주의도 본래 그 자리로 환지본처하자
무엇보다 우선,
나도 오늘밤 11시 KTX 막차로 빨리 대구로 돌아가자
신새벽 서울의 뒷골목에서
외로움과 추위에 더 얼어붙기 전에……

촛불의 겨레

김윤환

연장근무를 마치고 전철에 몸을 실은 성북구 북정동 용식이 아버지, 학교를 빠져나와 알바 식당으로 달려가던 중연이, 술 취한 고객을 모시던 대리운전 윤 모 씨, 새벽마다 신문 배달하며 한 줄도 읽기 싫다던 초등생 남매의 엄마 미라 씨, 2016년 가을 이 사람들의 마음이 무너진 것은 지는 낙엽 때문이 아니었다 이들이 주말이면 집으로 돌아가지 않고 광장으로 나온 것은 굳건한 이념 때문이 아니다 하물며 이들이 누구의 요청도 없이 광장으로 또 광장으로 나온 것은 자기들만의 왕국을 이루기 위해서가 아니다 이들은 모든 것을 참으며 살아왔지만 더 이상은 견딜 수 없는 모욕감을 치료하러 왔다 잃어버린 민주공화국 국민의 자존심에 불을 붙이고 꺼져가는 헌법의 심지를 다시 세우고 결코 몇 푼의 돈에 매몰되지 않는 자존감에 불을 붙인다

한 그릇의 밥이 떳떳하기 위해
우리의 인내가 어둠의 몫이 아니라는 것을 보여주기 위해
그들은 오늘도 퇴근하지 않는다

광화문 세종로에서 북정동 달동네까지
대구 서면 로타리에서 광주 금남로까지
노래로 함성으로 눈물과 기도로
불에 불을 붙이며 이들은 선언한다
우리가 대한민국이다
우리가 꺼지지 않는 민주공화국이다
아, 우리는 촛불의 겨레다

다시 새 생명으로 피어나라 232만 송이

김종원

듣고 싶은 소리만 듣는 사람들과
듣고 싶지 않아도 들어야 하는
사람들

세상 온갖 비난에도
꿋꿋하게 귀 막고 사는 사람들과
겨울밤 바스락 낙엽 스치는
바람 소리에도 가슴 조이는
사람들

세상에는
우리가 미처 눈치 채지 못하도록
은밀하게 주고받는
정의롭지 못한 소리들이
때론 가슴을 억누르기도
하지만

어려울 때마다 늘 당당하게
일어나
서로 어깨를 걸고
서로의 가슴에 기대어
이 땅의 생명을 지켜온 사람들

다시 일어나 어두운 그림자 걷어
내자고
뭉클하게 무리 지어 꽃으로
피어나는
함성들

세상에는
부끄러워도
부끄러운 줄도 모르는 사람들과

자기를 불살라

세상을 밝히는
사람들이 있다

이 순간 어둠을 걷어 버리고
태어날 새 시대, 새 생명을 위해
뜨겁게 피어난
꽃
232만 송이.

촛불이 가장 황홀할 때

김종인

겨울 천수만에서 수만 마리 가창오리 떼 군무를 본 적이 있다 새까맣게 뭉쳤다가 흩어지는 엄청난 회오리 군무 앞에서 넋을 잃은 적이 있다 수백만 마리의 고등어, 꽁치, 오징어 떼의 회유, 파도가 되어 유영하는 것을 본 적이 있다 포식자들의 습격을 피해 회오리가 되어 헤엄친다 포식자보다 더 큰 무리가 되어 포식자 스스로 놀라 감히 접근하지 못할 때, 안전하다.

아프리카 대평원, 누, 들소 같은 초식동물을 보라 온 족속이 거대한 무리가 되어 풀을 찾아 수천 리를 이동한다 맹수들이 호시탐탐 기다리고 있는 정글, 초식동물들은 거대한 무리가 되어 초원을 질주한다

어둠이 내리는 광장, 단 하나의 외로운 촛불에서 수천, 수만의 촛불이 모여 거대한 회오리, 촛불의 쓰나미가 되는 것을 보라. 광장을 메우고 거리로 흘러넘쳐 가창오리 떼의 군무처럼 아름답다 밤바다 오징어 떼의 유영처럼 아름답다 거리를 메우고 도도히 흘러가는 촛불들의 물결은 어디로 흘러갈지 아무도 모른다 스스로 진화하며, 불꽃의 축제를 벌이

며 함성은 혁명이 되고, 적의 간담을 서늘케 할 것이다

무리에서 떨어지는 누는 육식동물의 먹이가 되지만, 포식자들도 감당하지 못할 거대한 촛불 무리가 되면, 함부로 곤봉으로 내려치지 못한다 함부로 방패로 내려찍지 못한다 포식자들은 떼어놓기 위하여 겁을 주고, 물대포를 쏘고, 차단막을 칠 수도 있지만, 사방팔방에서 거대한 무리를 지어 천둥 같은 함성으로, 그 누구도 손도 대지 못할 정도의 거대한 촛불이 되면, 아무리 오만한 독재자인들 어찌, 탄식하지 않으리

하늘을 뒤덮는 가창오리 떼의 군무는 아름답다
밤바다, 거대한 오징어 떼의 회유는 아름답다
대평원을 가로지르는 누 떼의 무리는 아름답다
광장을 메우고 거리로 흘러넘치는 어둠 속,
스스로 타올라 세상을 바꾸는 촛불은 황홀하다!

금남로 사랑

김준태

금남로는 사랑이었다
내가 노래와 평화에
눈을 뜬 봄날의 언덕이었다
사람들이 세월에 머리를 적시는 거리
내가 사람이라는 사실을
처음으로 처음으로 알아낸 거리
금남로는 연초록 강 언덕이었다
달맞이꽃을 흔들며 날으는 물새들
금남로의 사람들은 모두 입술이 젖어 있었다
금남로의 사람들은 모두 발바닥에 흙이 묻어 있었다
금남로의 사람들은 모두 보리피리를 불고 있었다
어린애와 나란히 출렁이는 금남로
어머니와 나란히 밭으로 가는 금남로
아버지와 나란히 쟁기질하는 금남로
할머니와 나란히 손자들을 등에 업는 금남로
할아버지와 나란히 밤나무를 심는 금남로
누이와 나란히 감꽃을 줍는 금남로

금남로는 민들레와 나비 떼들의 고향이었다
그리움의 억세디억센 끈질김이었다
그래, 좋다! 금남로는 멀리
청산으로 가는 길이었다 그래, 좋다!
금남로는 가까이 마을로 찾아드는 길
금남로는 어머니의 젖가슴이었다
우리가 한때 고개를 파묻고 울던
어머니의 하이얀 가슴이었다.

촛불은 보석을 낳는다

김지희

어둠의 날개 털어내고
붉은 꽃잎들이 깨끗한 새벽을 낳는다

입춘부터 상강까지 위태롭게
그네를 밀던 손을 주머니에 넣었다
주머니 속엔 슬픔의 총소리만 쩌렁쩌렁
더 이상 숨 쉴 곳조차 없는 세상
몸속에선 붉게 흐르는 거리가, 하늘이 소리친다
그 소리 얼핏 보이는 바람의 손끝 다독이며
진눈깨비를 녹이고
어둠 속 벽을 허문다

세상을 다 삼킬 수 있을 거라 생각하며
그네들이 만들어 놓은 우리 몸속 푸른곰팡이
얼굴도 없이 검은 혀만 날름거린다
그네들이 거짓의 손가락 하나로 빌딩 지으며
하늘 끝까지 올라 검은 구름 차며 놀고 있을 때

우리는 바닥에 쏟아진 물처럼 흘러가지 않으려고
작은 몸으로 붉은 피 끌어올렸다
몸만 불리다 정신이 꺼져버린 그네들 심장
이것만은 삼킬 수 없다
수천 수백만 넘치는 진실의 날개를……

진실의 날개 위에
차가운 길목에 붉은 꽃 핀다
하, 어둠을 동원하던 경찰차들이 꽃밭이 되었다
청기와 집 앞마당
동그란 빛의 공간을 위해 피어나는 붉은 꽃잎이
검은 세상 지우며 보석을 낳는다

그 캄캄했던 길목 지나
수천 수백만 개의 꽃잎이, 태양이 우리 심장에 켜진다

촛불 집회

김창규

백만의 촛불이 바다를 이루는 날
서울의 봄이 오려는 것일까
11월 시민혁명의 겨울 광화문광장
노란 풍선들이 부풀어 오른다 하나 둘 수십 수백 개 풍선
세월호 304명의 영혼들이 떠오른다
팽목항 바닷속에 아직도 나오지 못한 아홉 명
그들의 신음 소리도 탄핵을 외치는 함성 소리로 터져 나온다
세월호 유족들의 부모들 그들도 촛불을 들었다
어린 아이에서부터 백세 노인에 이르기까지
모두 촛불을 들고 행진한다
진도 팽목 항구에는 바람에 노란 리본이 심하게 흔들린다
별들이 쏟아지는 팽목항 바다는 하나 가득 별들의 영혼
아니 별들의 반짝임이 일렁이다
이백삼십이만 개의 촛불이 출렁인다
다영, 동혁, 예은 250명의 아이들이 걸어나온다
바다는 은빛으로 반짝인다

미리내를 가로지르는 한 마리 새
철 이른 유채꽃은 서귀포에 피는데
한라산의 눈물일까 비가 내린다
수학여행 얼마나 가슴 벅차고 기쁜 날이었을까
그런데 세월호 침몰하는 그날 아이들이 보낸 동영상
17세의 아름다운 청춘 울부짖고 있었다
촛불은 거대한 해일이 되었다
박근혜, 최순실, 우병우, 김기춘 그들이 웃고 즐길 때
피눈물 흘리던 이 땅의 민중들의 고통을 알까
부활절도 부처님 오신 날도 크리스마스도
백만 촛불 바다의 해일에 묻혀버렸다
세상은 금수저를 든 악마들이 천사의 흉내를 낸다
옷을 수백 벌 갈아입는 악마의 웃음 속에
촛불은 비통한 눈물을 흘린다
명예혁명, 시민혁명의 촛불이 횃불로 타오르고
청와대에서 권력을 누리던 것들
촛불 바다에 빠져 허우적거리다가

깊은 구덩이 자신들이 파놓은 블랙홀로 떠내려가
검은 바다, 지옥의 불에 고통 받으리라
시민혁명의 촛불은 타오르고
독재자의 망령은 촛불 바다에 빠져
비참하게 최후를 맞이하는구나
저주한다 자손만대까지 멸하리라
촛불이여, 촛불이여 봄날을 밝히는
민중의 깃발이여 혁명의 깃발이여
정의의 행진을 멈추지 마라
촛불은 절대로 꺼지지 않는다

흔들리는 시간

나문석

짐승의 발자국이 가득한 이 땅에
격렬한 불꽃이 그들을 끌어 내린다

헌법을 유린하고, 부패와 탐욕으로
이 땅의 주인을 개돼지로 만들어 놓았으므로

보아라, 이제 더 이상 비굴하게 몸을 사리며
방관하지 않는 저 민중의 촛불을
들어라, 차마 다 헤아리지도 못할
매국부역자들을 향해 던지는 차가운 물음들을

사람은 모름지기 사람의 길이 있거늘
거짓과 가증스런 음모를 만천하에
드러내 보여주게 될 정의로운 행진은
새로운 역사를 향해 가고
침몰하지 않은 세월호의 고통만큼
너희들이 감당해야 할 책임 또한

가혹해야 하리라

이제 똑똑히 보여줄 것이니
재활용품보다 가치 없는 언론들은
두 눈 똑바로 뜨고 부끄러움을 배우자

들불

나종영

세상을 불태워야 새로운 세상이 온다
불망우리 돌리며 들판을 달리던
그리운 얼굴아
달집을 살라 이웃의 안녕을 빌던
마음 선한 사람들아
새로운 새벽을 위하여 너는 밑불이 되고
나는 숯불이 되자
너와 나, 우리 어깨를 기대고
어두운 세상 꺼지지 않는 광장의 촛불이 되자
세상을 바꾸는 횃불이 되고
요원의 들불이 되자
불꽃은 타오르고 강 건너 휘영청
둥근 달이 떠오른다
동트는 산마루 너머 뜨거운 바람이 분다
새벽은 세상을 불태우고 지나간
들불의 화엄 잿더미 속에서 온다
우리 모두 역사의 촛불을 들자

우리 모두 역사의 들불이 되자.

촛불 비손

나해철

밤 깊어
오줌 마려
깨인 잠에

문 열고
마루에 내려섰을 때

내 나이 여섯 살 때
마당과 마루가 있는
옛날식 집에 살 때

마당가
장독대에
밝혀진
촛불 한 송이

어머니 흰 옷 입고

빛 속에
손 모으고
절하시고

달은 중천에 걸려
내려다보고

불꽃은
너울너울 일렁이고

어둠이 한없이
먼 곳으로 쫓겨 달아나던

불꽃
송이
환하게

송이 송이
환하게
다시

거리와 광장에
번져 피어나네

가득히
핀 불꽃
나부끼며
결코 지지 않네

그때
그 달 아래
어머니의 기도 소리
지금 귓가에
천둥처럼 울리고

어두운

모든 것들

저 너머로 넘어가는 것 보이네

이천십육년 십이월 대설

남효선

결혼한 지 30년 된 아내가 출근을 서두르며
오늘 저녁 시간이 어떻게 되느냐고 묻는다.

퇴근 후에 미장원을 다녀올 계획이란다.
그러면서 아마 2시간 이상은 족히 걸린다며
혹 저녁 식사를 밖에서 하고 오란다.

일주일에 서너 번은 불콰한 주기로 들어서는 지아비에게
사전 기약이나 전갈도 없이 귀가 걸음이 일정치 않은 지아비에게
그래도 아내는 맞벌이로 도무지 제 시간을 함부로 갖지 못하는
아내는 어렵게 저녁 퇴근 시간을 틈내
머리 손질을 가면서
자신이 차려주지 못하는
지아비의 저녁 식사를 걱정한다.

이 나라 대통령은 아니 근현대사 최초 여성 대통령은
맑고 고운 304명의 아이들이 소중한 생명들이
영문도 모른 채 천길 차가운 바닷속에서
수장되던 날
이 나라 대통령은
강남의 유명한 미장원 원장을 불러
머리 손질을 했단다.

사랑하는 가족들의 얼굴과 이름을 호명하며
차가운 컴컴한 물속에서 친구들끼리
깍지 껴 부둥켜안으며 죽어가던 날
이 나라 대통령은 박근혜는
머리 손질을 받으며 일부러
부스스하게 연출해달고 했단다.
국정 운영 고뇌에 찬 모습을 보여주기 위해.

"움직이지 말고 그대로 있어라"는 세월호의 말에 따라

맑고 고운 304명의 아이들은
친구의 안전을 서로 걱정하며
교과서에서 익힌 대로
어른들이 국가가 자신들을 반드시
지켜줄 것이라는 희망을 안고
생때같은 우리 아이들이
목숨을 앗기던 날.

이 나라 대통령은
강남 내로라는 미용사를 불러
일부러 부스스한 머리로 다듬고
태반주사를 맞고 마늘주사를 맞고

눈에 넣어도 안 아플
우리 아이들이
맑고 고운 눈망울 감지도 못한 채
부둥켜안고 수장되던 날

"구명조끼를 학생들은 다 입었다는데 그렇게 발견하기가 어렵답니까"

7시간 만에 부스스한 머리로 나타난

이 나라 대통령은.

촛불이 모여 횃불로 이글거리며

청와대 앞에서 광화문 광장에서 한반도 전역에서

"손목을 자르고 싶었다"는

국민의 안전은 안중에도 없는 여성 대통령을 뽑은

손목을 자르고 싶다는

청와대 앞에서 광화문 광장에서

대구에서 부산에서 광주에서

섬마을 제주에서

활활 타오르는 촛불의 횃불의

이제는 가슴팍 눈물조차 말라비틀어지는.

애시당초 국민을 적으로 몰아붙이며
역사를 거짓 역사로 헝클고
강남 아줌마들과 뒹굴며
국민의 안전을 국정을 농단하는

꿈적도 않는
이 나라 대통령은.

깃발론

맹문재

내가 한 색깔의 깃발을 들었다면 세상을 속이는 일
세상은 속지 않는다

그런데도 나의 깃발은 한 색깔이라고 고집한다
위장 전략이라고
타협일지라도 들기 위한 것이라고 주장한다

그러므로 나의 깃발에는 색깔이 문제가 아니다
크기도
어떻게 드는가도
내구성도
얼마나 들 수 있을지도
무게도
문제가 아니다

만성적인 명분일지라도 나는 아직 깃발을 들고 있다
자유로운 동행으로

자부하는 습관으로 들고 있다

촛불이 타오르는 광장으로 가고 있는
아, 나의 깃발

광화문 촛불

문창길

어둠의 길에 사람이 모이고
사람이 모여든 그 길에 또 다른
사람과 사람들이 모여 어둠의 길을 쫓는다
이슥고 쫓기는 어둠의 발자국마다
빛의 씨앗은 함성처럼 일어선다
일어서는 함성은 함성으로 넘쳐
뜨거운 불의 액체로 사거리를 돌아선다
광화문 어둠의 뿌리를 덮친다

어둠의 역사는 그렇게 끝장을 넘기며
새로운 빛의 역사가 시작될 것이다
그래서 저 광장의 불꽃을 뜨겁게
뜨겁게 타오르게 할 것이다
저 피폐한 모순의 역사를 태워버릴 것이다

청와의 미명 아래 불온한 꿈을 꾸었던
키친 캐비넷 어둠의 자식들이여

수백만 빛의 화촉을 보아라
수백만 분노의 함성을 들어보아라
아빠의 어깨 위에 무등을 탄 다섯 살배기
희망이가 움켜쥔 촛불을
유모차를 타고 엄마의 촛불을 따라나선
저 아기의 또랑또랑한 눈망울을
탄핵, 하야라고 당당히 외치는
5학년 초등학생의 카랑한 목소리를

아 이 겨울바람은
꺼지지 않는 촛불의 역사를 기억하리라
동풍이든 서풍이든 남풍이든 북풍이든
그것은 온 인민의 뜨거운 피의 꽃이기에
또는 416광장의 엄숙한 피의 명령이기에

대한민국 피의자 박근혜

박노정

1

죽창 대신, 총칼 대신
총총들이 천만에 가까운 사람들의 초 한 자루
늦도록 밤하늘에 나부낀다 '바람이 불어도 결코 꺼지지 않을'……
그녀를 벌벌 떨게 하며 우리 스스로도 놀란
위대한 질서와 명예를 존중하며

2

친박. 비박 / 원박. 진박. 진진박 / 반박. 멀박. 낀박. 쪽박. 탈박……
어느 날 수십 개의 박(朴) 알을 생산하시드니 급기야 자승자박
순실이의 올가미에 걸리셨군요. 아니, 이번 참에 분명히

당신의 수준과 자질을 한꺼번에 넘치게 만끽합니다.

제살이로 뿔뿔이 흩어지는 막장 드라마, 각자도생 박을 바라보며

피눈물 나는 심정, 알 듯도 합니다. 단 하나의 해답은 변명 따위

잔재주 부리지 마시고 지금 바로 그 무거운 자리에서 퍼뜩

내려오시는 것뿐, 활활 타오르는 촛불, 횃불 그리고 밤하늘을

가르는 함성, 사그라지지 않아요. 한번 만이라도

친민(親民). 위민(爲民). 애민(愛民)을

가슴으로 새겨봐요

(대한민국 피의자 박근혜 씨)

증거하는 별

박남준

도대체 기가 막히고
다른 도리 없는 것은 아니었으나
세상에 가장 작은 불꽃을 들었네
들어본 이는 알 것이야
작은 눈물에도 흔들리며
더 작은 바람에도 꺼지는 불을
꺼지면 다시 켜들고
켜든 꽃들 왼쪽과 오른쪽
앞과 뒤로 나눠주는
얼마나 큰가 광장을 이루는 불꽃들은
놀라워라 사람들의 가슴마다에 별이 뜨다니
찬란하다
눈물이 너무 뜨거워서 나는 노래하네
위대하다 별들의 반짝이는 평화는
시대의 살아 있는 몸과 정신을 증거하는
우리들의 촛불은

이게 나라다

박노해

눈발을 뚫고 왔다
추위에 떨며 왔다
촛불의 함성은 멈추지 않는다
100만 촛불은 꺼지지 않는다

어둠의 세력은 포위됐다
불의와 거짓은 포위됐다
국민의 명령이다
범죄자를 구속하라

눈보라도 겨울바람도
우리들 분노와 슬픔으로 타오르는
마음속의 촛불은 끄지 못한다
우리는 포기하지 않는다
우리는 멈춰서지 않는다

나라를 구출하자

정의를 지켜내자
공정을 쟁취하자
희망을 살려내자

눈에 띄지도 않는 작은 나는
백만 촛불 중의 하나가 아니라
백만 촛불의 함성과 한몸이 된
크나큰 빛이 되어 나 여기 살아있다

이게 나라다
이게 민주다
이게 역사다
촛불아 모여라
될 때까지 모여라

빙등을 덥히며

박몽구

비보처럼 첫 결빙 소식 날아든
12월의 첫 토요일
북악은 얼음의 도가니에 벼린 바람을 풀었지만
광화문에서 숭례문까지 이무기가 꿈틀거리듯
거대하게 이어진 인간 띠를 얼어붙이지 못했다
뭇 이목들 피해 키를 겨루며
머쓱하게 올라간 빌딩들 사이에서는
연방 살을 에는 칼바람 쏟아졌지만
젊은 연인들이 켜든 촛불 하나 끄지 못했다
거짓의 교과서를 던지고 나온 친구들
쇠를 담금질하다 달려 나온 사람들
바늘로 청춘을 깃이기다 나온 재단사
그물코를 빠져나와 거리를 유유히 떠도는
또 다른 안종범을 찾아 나선 교도관들
비좁은 길도 넉넉하게 유모차를 밀고 가는 누이들……
모두 함께 모여 겨울밤을 데웠다
빙등을 켠 종로통보다 수은주를 5도나 높여

살얼음쯤은 너끈히 녹이고도 남아
손에 손에 촛불을 켜든 사람들의 체온이
구리 이순신의 언 발을 떼어주었다
차가운 돌 옷을 걸친 세종 임금도
이 날만은 진눈깨비를 헤치고 나와
저를 낳아준 사람들에게 따뜻한 손을 내밀었다

대통령의 이발사가 살지 않는 효자동 골목마다
높은 차벽 담 너머 둘러쳐지고
푸른 기와집으로 가는 길 아무리 막아도
마침내 새벽은 열리고 마는가
차가운 철망으로 무장한 경찰버스를
그림판 삼아 붙인 종이 들국화며 진달래로
계절을 거슬러 따스한 체온이 오고 간다
투구로 젊음을 누른 친구들
찬바람을 삼키고 선 또 다른 젊음들에게
뜨거운 손난로를 던지고

일그러진 얼굴을 한 무기를 내려놓았다

이렇게 새벽은 함께 맞는 것이다
서로 증오의 벽을 허물며
오일팔 때도 차마 넘지 못한 벽
육이구 때 이한열이 끝내 다 가지 못한 길
이어서 북악의 얼음을 넘어서 간다
살을 에는 찬바람 이기고
겨울 속 따스한 나라를 일군 사람들
저를 버리고 온몸을 리듬에 맡겨 파도를 탄다
따뜻한 빙등으로 긴 밤을 건너
가로막는 바위를 넘어 깨끗한 해 들어 올린다

촛불의 주파수

박서영

골목 안 작은 분식집에서
혼자 떡볶이와 순대로
저녁을 때우고 있을 때였다.

붉은 떡볶이 국물을 휘휘 젓던 할머니가
내 앞으로 툭 한마디 던지셨다.

대통령도 여잔데
화장도 하고 목걸이도 하고 꾸며야지.
나 같은 늙은이도
집 나올 땐 꾸미는데 말이오.

지금 얼마나 속이 쓰리겠소.
제 속 터놓을 부모가 있나.
형제자매가 있나.
요즘은 마음이 짠해서
텔레비전 보기가 싫소.

나는 갑자기 목이 메어
나무젓가락을 탁자 위에 말없이 내려놓았다.

아이들이 물속으로 가라앉는다는 소식을 듣고
거울 보고 화장하고 옷매무새를
챙기는 어머니가 어디 있겠는가.

그러나 여기 또 한 명의 늙은 어머니는
죄를 짓고도 모르는
또 한 명의 딸을 걱정하고 있는 것이다.

슬퍼하는 자여,
우리가 무슨 구호를 외치겠나.
우리가 무슨 정치를 알겠나.

맑은 물 한 그릇 떠놓고

달 보며 기도하는 심정으로
촛불 들고 광장으로 나갔을 사람들.

이쪽에서 촛불을 켜고
저쪽에서도 촛불을 켜고
두 세계가 같은 시간 기도를 한다면
모든 순간이 활활 꽃으로 피어
분홍 진달래가 되고
노란 개나리가 되어서.

거창한 혁명이 뭔지는 몰라도
늙은 어머니와 마주앉아
재래시장에서 몇 장 사온 꽃무늬 팬티를 앞에 놓고
꽃무늬 혁명에 대해서는 웃으며 이야기할 수 있으리라.

나는 자꾸 지지직거리며 통하지 않는
촛불의 주파수를 다시 맞추며

천원 권 몇 장을 탁자 위에 놓고 나왔다.

그 모든 것이 한 개 촛불 앞이었다

박설희

붓과 펜을 닮았다
새의 부리와도 비슷하다
상부의 끝에서 불꽃이 켜지는 것은 꽃과 닮았다

불 중에서 순한 불이다
몸통과 심지가 가진 것의 전부

성경과 불경과 코란을 비추던
성스러운 불이다
손바닥이 촛불을 감싸고 있지만
몸을 덥히는 게 아니라 마음을 덥힌다

그 모든 것이 한 개 촛불 앞이었다
음산한 숲, 얼어붙은 길, 도시의 카페
소크라테스의 책상 위에서
몽테뉴, 칸트, 소로우, 바슐라르의 책상 위에서
프랑스 혁명의 전야에도 촛불은 타올랐다

누구나 촛불을 들 수 있다
광장에서 그것은 한꺼번에 개화한다
눈 덮인 들판, 구불거리는 도로, 발이 빠지는 진창
어떤 길을 걸어왔든
촛불을 들고
촛불이 되어
결기 어린 심지를 지닌 반투명의 얼굴

그 모든 것이 한 개 촛불 앞이었다
몸을 관통하는 심지 하나
심장의 불을 꺼낸다
어둔 광장에
뜨거운 별 돋아난다

광화문 2

박완호

그날, 촛불 한가운데 서 있던 농인(聾人) 설혜임 씨는 다른 사람들이 외치는 소리가 들리지는 않아도 가슴이 팡팡 울렸다고 했다. 아름다운 소리는 귀가 아닌 가슴에 먼저 가 닿는 걸까. 어느 순간 설혜임 씨의 박동 소리에 맞춰 나의 가슴도 팡팡 울리기 시작했다. 유모차에 앉은 어린아이의 눈부처가 해맑게 반짝일 때, 한꺼번에 두드리는 백만의 북소리가 광장의 어둠을 조금씩 밝혀가고 있었다.

불-꽃

— 서울, 2016년 11월 12일

배창환

어서 나라를 구하고 오라는
도반의 엄중한 명을 받아 서울로 간다
지어준 새벽 밥 먹고 기차를 타고
남대문시장에서 점심, 순댓국에 밥 말아 먹고
시청으로, 광화문으로

—이게 나라냐!
—퇴진!

암흑 세상 하늘을 한 방에 부욱, 찢어버리는
온갖 종이 피켓을 번쩍 치켜들고
거센 물결이 초겨울 수도의 낙엽 거리를 휩쓸고 지나간다
아이 손 꼭 쥐고 지나가는 젊은 어머니
아버지 목말 타고 태극기 흔들며 가는 아이
표정들이 한 고개를 넘어선 듯 맑고
눈빛은 심해(深海)처럼 더 고요해졌다

나는 백만 송이
불—꽃, 더미에 뛰어든
꽃, 한 점

일단의 중고등학생들이, 작은 손깃발 하나씩 들고
저들 언어로 싱싱하게 외치며 대열을 지어
연어처럼 물살 가르며 순식간에 지나간다
가슴팍으로 뭉툭한 지느러미가 툭, 치고 간다
모두 안아주고 싶다, 우리 예쁜 아이들……

올라오는 이 따뜻한 눈물 없이
어떻게 어지러운 세월 다 건너갈 수 있으리
오늘, 내가 우리 세상을 얼마나 구했는지 알 수 없지만
사람은, 사람으로 살기 위하여
사람 세상을 걸음걸음 열어 딛고 가는 것이다

광장은 비어 있다

백무산

우리가 우리를 버리고 기꺼이 이곳에 모인 것은
시위를 하기 위해서가 아니다
우리가 모여 이토록 뜨거운 광장을 이룬 것은
데모를 하기 위해서가 아니다

저 문란한 연회장은 우리의 나라가 아니고
저 지저분한 계모임은 결코 우리의 정부가 아닌데
우리가 저들에게 요구할 것은 아무것도 없다

우리가 이곳이 모인 이유는
저들이 국민을 탄핵했기 때문이다
저들 맘대로 도륙하고 처분한
우리가 맡긴 양 떼를 찾아오기 위해서다

우리가 이곳에 모인 것은
진압을 하기 위해서다
국헌을 걸레로 만든

쥐들의 내란과 개들의 소요를 진압하기 위해서다

우리가 이 광장에 모인 것은
우리 삶을 더럽히지 않기 위해서다
부패한 나라에서는 누구든
정직하게 사는 것은 불가능하기 때문이다

우리가 광장에 모인 것은
철거를 하기 위해서다
저들의 금고에 빼돌린 정부를 회수하기 위해서다
저들이 담장을 치고 착복한 국가를 압수하기 위해서다

그 무엇보다도 우리가 이곳에 모인 것은
의회를 위해서다
지금 이곳이 바로 국민의 의회이기 때문이다
이 광장이 바로 이 나라 최고 권력 기구인 시민의회이기
때문이다

이 의회를 개돼지들의 떼거리로 취급해 왔기 때문이다

우리가 여기에 모인 것은
억류된 역사의 수문을 열기 위해서다
피로 이뤄낸 민주주의를 썩은 물에 익사시킨
불통과 독재의 댐을 폭파하기 위해서다

저들의 금고에 새긴 애국에 똥칠을 하기 위해서다
저들의 동상에 새겨진 권력의 문장을 들어내고
새로 쓰는 역사의 공동 집필자가 되기 위해서다

이제 대중은 양 떼가 아니라
한 명 한 명이 사자인 시대이기 때문이다
이 광장이 더 이상 시위나 데모가 아닌 것은
촛불은 약자의 분노 행진이 아니라
주권자의 권리 행진이기 때문이다

광장에서는 그 누구든 어디서건
자신이 서 있는 그 자리가 바로 중심이기 때문이다
광장의 평등은 우리 삶의 뒤틀린 질서를 질책하는
뜨거운 심장의 사상이기 때문이다

그리하여 광장은 언제나 비어 있다
우리가 모여 빈틈없이 가득 채워진 이 순간에도
광장은 텅 비어 있는 것이다
뜨겁게 뜨겁게 비어 있는 것이다

사월의 질문법

서안나

사월은 무엇입니까
물에 젖습니까
ㄱ과 ㄴ입니까
톱니바퀴입니까 익명성입니까
경찰입니까 질문입니까

3백 번 질문해도
질문은 썩지 않습니다
인간을 이해할 수 없습니다

알약을 삼키면
왜 녹슨 철봉 맛이 날까요
사월에는 왜 꽃이 더 아름다운가요
씨발이라는 말이 자꾸 생각납니까
지랄병 걸린 애들이
7시간씩 사라지곤 합니까

사월은
왜 검정 같은 것이 만져집니까
지울수록 빛이 됩니까
뭉클하고 끈적거립니까

불쑥
질문처럼
내 손을
움켜잡습니까

들림

– 팽목항에 몰살당한 어린 학생들의 광화문 합동 분향소에서

서정춘

엄마아아아아 ··

국가가 우리를 물 먹여 죽였어요

엄마아아아아 ··

정유라는 20억짜리 명마 태워 독일로 놀러 보내고

엄마아아아아 ··

우리는 낡은 세월호에 태워져 팽목항 바닷물에 버려졌어요

엄마아아아아 ··

배고파요 밥 좀 주세요

엄마아아아아 ··

추워요 안아 주세요

엄마아아아아 ··

어두워요 촛불 하나 켜주세요

엄마아아아아 ……………………………………

보여요 촛불 하나 촛불 열 촛불 천 촛불 만 촛불 천만 보여요

엄마아아아아 ……………………………………

보여요 다른 우리들이 촛불 켜고 악마구리 태워 버릴 혁명이 보여요

거울아, 거울아, 세상에서 누가 제일 이쁘니?

손현숙

공주의 화장대는 매우 단순하다 광화문의 촛불에 말간 거울이면 족하다 생각이나 이념이 끼어들면 자해 공갈한다는 소문이 벽을 넘었다 거울 속에는 귀신처럼 얼굴 하나 달랑, 배경으로 떠오르는 오브제는 무조건 삭제한다 공주가 빵빵하게 머리칼을 세우고 아이라인을 곱게 긋는 동안 사물들은 등 뒤에서 산채로 죽어야 한다 하얀 휘장을 걷은 뒤에도 암거래는 오래 지속이 된다 목걸이 걸고 빌로밀로 브랜드 가방 들고 강아지 밥까지 가볍게 챙기는 그깟, 7시간 자리를 지키라는 어른들의 말씀에 고분고분 죽은 아이들의 그깟, 손가락이 모두 부러지고 모두 바다에 빠져 죽은 그깟, 대면보고가 필요 있나요? 생글거리며 필러 정성껏 주입하는 그깟, 불편하면 거울 속 배경을 딜리트하듯 얼굴 하나 달랑 들고 희한하게 기억도 깨끗하게 지우는 공주님, 공주님, 그깟 공주야, 원삼 족두리 뒤집어쓰고 두꺼비한테 시집갈래? 아버지한테 일러바칠래? 그나저나 공주니까 배고프면 밥은 챙겨야지, 찬 바다 먼 아이들의 죽어서도 우는 울음 들리건 말건 싹싹 밥그릇 비우는 그깟, 7시간

원무(圓舞)

신경림

머리에 띠를 두른 동학군들이 보인다.
대한독립만세를 외치던 치마저고리 여학생들도 보인다.
부정선거 다시 하라, 저것은 학생들의 데모대다.
군사독재 반대를 외치던 광주의 함성도 들린다.
넥타이를 맨 중년들의 행진도 따른다.
모두들 손에 촛불을 들었다.
이게 나라냐, 이게 나라냐.

백년이 가도 세상은 달라진 게 없는가.
납작한 초가지붕은 높은 빌딩으로 바뀌고
먹을 것 입을 것으로 천지인 거리엔 차가 넘치는데도
힘 있는 자는 속이고 빼앗고 힘없는 자는 속고 빼앗기고
다시 백년이 가도 달라질 게 없다는 건가.
그러나, 아니다,

우리는 안다, 세상은 달라져
이제 우리가 힘을 가졌다는 것을,

땀과 피와 싸움으로 얻은 힘이 우리에게 있다는 것을.
다시는 빼앗기지 않을 힘을 가졌다는 것을.
이게 나라냐, 라는 한탄 속에 밴 나라 사랑도 힘이 되고 있다는 것을.
이제, 우리 손에는 낫 대신 몽둥이 대신 촛불이 들렸다.
쇠파이프 대신 짱돌 대신 촛불이 들렸다.

우우 달려가고 우우 쫓겨 가는 대신 손에 손을 잡고
내일의 꿈을 노래하며 앞으로 나아간다.
동학년과 기미년이 사일구와 오일팔이 그리고 유월혁명이
온통 손을 잡았구나.
세월호로 아들을 잃은 엄마들과 함께 딸을 잃은 아빠들과 함께
둥글게 둥글게 춤을 추며 앞으로 나아간다.
함께 데모를 하리라 생각도 않았던
손녀와 손을 잡고 손자와 어깨를 껴고.

보다 깨끗한 새 나라를 향해서
보다 아름다운 새 세상을 향해서
손에 손에 촛불을 들고
둥글게 둥글게 춤을 추며 앞으로 나아간다.
우리들이 살 밝고 아름다운 새 나라를 향해서
우리들 자손들이 살 고르고 바른 새 세상을 향해서.
촛불로 하늘과 땅을 환하게 밝히며.
촛불로 도시와 농촌 어촌을 환하게 밝히며.

영동 촛불

양문규

충청도 첩첩산골 영동에도 촛불이 켜졌다

감나무 어린 나뭇가지가
찬바람 속 푸른 동맥 불끈 세우고
서울로 서울로 뚜벅뚜벅 걸어간다

친일파 청산 완전히 이루어졌다면
민족은 분단되지도 않았으리라
박정희 5·16 쿠데타
전두환 12·12 사태

친일파 청산 완전히 이루어졌다면
박근혜가 감히 대통령 될 수 있겠나
이 나라가 이토록 참담히 쑥대밭 될 수 있겠나

오죽하면 충청도 감고을 순한 사람들
박근혜 하야하라, 퇴진하라

꽁꽁 언 손으로 촛불 들고 목 놓아 외치고 있나

멧돼지, 노루, 고라니, 오소리, 너구리, 족제비, 살쾡이, 들고양이, 고슴도치, 산토끼, 다람쥐, 청솔모, 들쥐들 죽창 들고 청와대로 돌진한다

독수리, 송골매, 꿩, 산닭, 까치, 까마귀, 비둘기, 콩새, 박새, 참새, 멧새, 굴뚝새, 딱따구리, 할미새 횃불 물고 광화문으로 날아간다

매주 목요일 영동촛불문화제 열릴 때마다
감나무 어린 나뭇가지 맨 먼저 촛불을 켠다
그믐달 깜깜한 눈보라 속에서도 꺼지지 않는
저토록 푸르고 생생한 혼불

충청도 첩첩산골 영동 촛불이 활활 타고 있다

이제 비로소 시작이다

오인태

우리는 지금 바닥에 있다

더 갈 데라곤 없는
바닥에 떨어져서 비로소
우리의 민낯을 보나니

참회컨대, 우리는 방탕하고
교만하고 무지하고 무모하였다
뽐내던 것들은 모두 허상이었다
모래 위의 집이었다

알고 보니
우리는 뿌리도 없이 떠다니는
부초였다 그리하여 끝내
맨바닥으로 추락하고 말았느니

그러므로 비로소 우리에게

희망이 있다, 희망은
바닥에 있는 것이므로, 또한
우리 모두가 바닥에 있으므로

바닥에서 알몸뚱이로 마주서고 보니
우리는 본디 하나였다

지역과 지역, 계층과 계층,
당과 당, 개인과 개인
편견과 욕심을 걷어내고 보니
이렇듯 모두가 하나였나니

그리하여 우리는 지금 잃은 것보다 얻은 것이 많다
그러므로 우리에겐 희망이 있다

바닥에서 다시 손아귀에 힘을 모아
끊어진 것들은 잇고, 낡은 것은 손질하고,

그래도 영 못 쓸 것들은 과감하게 버려서

그리하여 이제 비로소 시작이다

촛불을 쓰다

오춘옥

바람 불고
뒤이어 눈발 날리는
광화문 팽목항,

촛불이 간다
해남 땅끝 불도
강원 산골 불도 모여
함께 간다

한 번도 본 적 없는
백만 불꽃의 딴 세상
하던 일 밀쳐둔 이 손과 저 손들
앞도 곁도 시리게 받들고 간다

힘내어 견딜 수밖에
다른 도리는 아주 몰랐던
양초 한 자루

양초 두 자루
양초 백만 자루의 민심
선반 위에 붙박혀
오지 않는 그날을
가만히 기다릴 수만은 없어

시꺼멓게 속 태우며
800,
  400,
    200,
      100미터 씩
가지 않은 길로
어둠의 둘레를 결박하며
두려움 없이 나아가는
그것은
끝까지 목청 높여 전해야 하는 말이며
밝혀 살아야 할 새날이다

올 것은 오는구나

유승도

산중턱에 붙어 산이 되어 살아가는 나의 귀에도 눈에도 왔다 첩첩 산 넘어 강 건너서 숲을 파고들어 골짜기 안에까지 왔다

보지 않고 듣지 않으면 생각나지도 않으리라

산꽃과 산새에 마음을 주며 살아온 지도 20년이 지났다

나무 그늘을 기며 드러나지 않게 살리라

다짐을 흔들면서 왔다

낮보다 환한 보름달 아래 세상으로 이제 나오라며 나를 부른다

어디에서 웅크리고 있다가 왔더냐 그래 그래 꼭 꼭 온다더니 온다고 하더니

헐떡거리는 짐승의 숨결로, 기어이 오고야 말았구나

펄떡펄떡 뛰면서도 은근히, 바람에 실려 산맥을 넘어 파도를 헤치며, 서로가 서로를 존중하는 세상으로 함께 가자 하는구나

그날, 촛불을 들었다

윤석홍

서설(瑞雪)이 내렸던 그날
질곡의 어둠을 걷어내고
국정농단 세력을 몰아내려는
성난 민심들이 손에 손잡고 모여
박근혜 탄핵 새누리 해체
차디찬 바다에 있는 세월호
304명의 억울한 죽음을 밝히라는
함성과 외침이 광장을 흔들었다
촛불은 꺼지지 않고 횃불로 타올라
들불처럼 번져 나갈 것이다
촛불이 가리키는 길은 열려 있다
촛불이 전하는 우리의 말을 들어라
차가운 밤하늘을 밝히며 살아나는
꺼지지 않는 촛불이 있음을 알아라
촛불이 전하는 자유와 평등
생명의 간절한 소망을 깊이 새겨라
하늘이 무섭지 않은가

땅이 무섭지 않은가
촛불 들고 서 있는 이 광장으로
세월호 아이들이
바보 노무현이
농민 백남기 어르신이
구천을 떠도는 원혼들이 다시 찾아와
살아 있는 정의와 민주주의가 오고 있다고
자랑스럽게 말해줄 것이다
광장을 떠나 청와대로 향하던 그날
나부끼는 깃발과 뜨거운 함성 사이로
촛불은 부활의 빛으로 붉게 타올랐다

촛불이 타올랐다

윤임수

촛불을 들고 모여들었다
아직 가녀린 얼굴과 주름 가득한 얼굴이 함께
푸성귀를 다듬던 손과 소를 키우던 손이 함께
놀이터에서 놀던 발과 잔업에 지친 발이 함께
비통하고 비참하지만 희망의 불씨를 살리자며
광장으로 더 넓은 광장으로 모여들었다

그런 촛불을 향해 누군가는 간교하게
바람 불면 꺼질 것이라고 멸시의 말을 던졌지만
한 번 붙은 촛불은 서로를 일으키는 바람이 되어
부정과 오만을 태우는 횃불이 되었다
농간과 독선을 불사르는 들불이 되었다
나라를 바로잡자는 거센 함성으로 메아리쳤다

그러나 촛불은 함부로 날뛰지 않았다
미친 듯이 아무 곳으로나 널뛰지도 않았다
경거망동의 난장판으로 일그러지지도 않았다

촛불은 울분과 한탄으로 타올랐지만
상한 마음을 서로 다독이고 어루만지며
간절한 평화의 염원으로 번져나갔다

그리하여 광장의 촛불은 마침내
국민이 주인인 대한민국을 보여주었고
애타게 두드리던 민주의 문을 다시 열어주었다
억압에서 벗어난 자유와 정의의 이름이 되었고
두고두고 소중하게 이어질 민중의 힘이 되었다
그렇게 촛불은 끝내 아름다울 이 땅의 역사가 되었다

신(新) 우리의 소원

윤중목

쩍, 하고 가슴뼈를 열어젖혀
속에 부디 분노를 꺼내 보여주오.
백만 촛불의 화기가 쟁여진
거북선 총통 같은 불기둥을 보여주오.

너도 나도, 너와 나 벗들과 이웃들도
모두 각자 백만 촛불이 되어
그렇게 백만의 백만 촛불이 되어
날 저문 광장을 대명천지로 밝혀주오.

살찐 뱀 비늘처럼 뻔질뻔질거리는
더러운 얼굴들, 그 더러운 이름들을
파도치는 촛불로 싹 다 쓸어버려주오.
비꾸러진 세상 대차게 한번 바꿔주오.

이 붉은 빛의 강 속에서 우리 부활했다

이승하

우리는 우리 안에 갇혀 있지 않았다
거짓의 울타리를 허물기 위해
부정과 불의와 부조리와
불평등의 장벽을 허물기 위해
11월 5일, 12일, 19일, 26일, 12월 3일
토요일마다 모였다 평일에도 모였다

촛불이 이룬 불의 강, 빛의 강
아아 역사의 현장 광화문에서, 세종로에서
청와대 백 미터 앞에까지 가서 상하 없이
좌우 없이 우리 모두 목이 쉬도록 외쳤다
후대의 역사가들이여 잊지 말아다오
국정교과서로 죽어가던 역사가 벌떡 일어서게 한 2016년을

허리 동강난 반도의 남쪽에서
유사 이래 처음 보여준 지도자의 어리석은 욕심,
지도자 친구의 끝 모를 욕심,

신하들의 무소불위의 욕심이
저 사슴을 말이라고 말한 환관 조고처럼
거짓말을 하게 했다 말을 주고 말을 타고 말을 바꾸고

사사건건 사리사욕으로 국정농단 국정공백 초래했지만
영국의 명예혁명, 프랑스의 대혁명,
동학혁명, 삼일만세운동, 사일구혁명,
광주항쟁, 6월 민주항쟁에 이어진 촛불혁명
한 명도 안 다친 것을 보고 선량하지 않은 선량도 표를 던져
대통령 탄핵을 가결케 했다, 됐다, 이제 시작이다

민주주의 나라에서 민주 시민으로 살아가는 일의 어려움이여
자유 대한에서 자유롭게 살아가는 일의 어려움이여
됐다, 이제 시작이다, 우리가 해야 할 일이 정해졌다
자기 일을 하지 않는 우리 속의 박근혜를 몰아내자
갑질하고 위법하는 우리 안의 최순실을 몰아내자

자유와 자주, 평화와 평등을 지켜 우리 마침내 이 땅에서 부활했다

몰라요, 정말 모릅니다

이원규

몰라요, 단 한 번도 만난 적이 없습니다
밤마다 뇌물을 주고받으면서도 우린 서로 몰라요
기흥컨트리클럽에서 함께 골프를 치면서도
모릅니다, 전혀 모르는 사람입니다
보톡스니 프로포폴이니 태반주사 백옥주사를 놓고
뻔뻔한 얼굴에 야매 성형수술을 하고서도
몰라요, 정말 기억이 안 납니다
처음부터 부정선거를 저지르고
끝끝내 세월호 그 어여쁜 아이들을 수장시키고
문화계 블랙리스트를 만들고
물대포로 농민 백남기 선생을 죽이고도
모릅니다, 사실이 아닙니다
그러니까 서로 얼굴 한 번 본 적도 없는 바로 그 놈들이
도대체 아무 것도 모르는 바로 그 년들이
청와대를 점거한 채
밀실에서 국정교과서를 만들고
경제, 외교, 안보를 들먹이며 국정을 말아먹었습니다

유령의 나라, 영혼합일 최면술의 국가였습니다

그리하여 나도 너희들을 몰라요, 정말 모릅니다
우리는 너희들을 진짜 몰라요, 전혀 기억이 안 납니다
새누리당도, 친박 국회의원도, 장관도, 비서실장도, 정무수석도
재벌도, 문고리 삼인방과 비선 실세도 몰라요, 정말 모릅니다
아예 대통령직에 당선된 적도 없는,
단 한 번 단 한순간도 국민의 대통령이 되어보지 못한
철가면 가짜 대통령도 몰라요, 전혀 모르는 사람입니다
늙은 애인 최태민, 천하의 사기꾼도 모르고
그 사기꾼의 딸 최순실 일가도 모르고
남몰래 아이를 낳았는지 말았는지
밤마다 마약을 했는지 말았는지
슬그머니 5촌 살인 청부 지시를 했는지 말았는지
스위스 비밀 계좌에 얼마나 많은 돈이 들어있는지 없는지

대구 서문시장의 할매 손을 잡았는지 뿌리쳤는지
아아, 세월호 7시간도 몰라요
정말 모르고 모르는 일뿐입니다

그래도 아주 조금은 아는 게 있습니다
바보인 나도 알지요, 우리는 이미 벌써 다 알고 있습니다
매천 황현 선생은 왜 절명시를 남기고 자결했는지
어째서 구례 장터며 전국 방방곳곳에서 3·1 만세운동이 일어나고
빨치산들은 백운산 지리산으로 모여들었는지
어째서 4·19 혁명이 일어나고
자유당 정권의 이승만 일당은 또 어떻게 쫓겨났는지
다 알지요, 정말 뼈아프게 다 알고 있었지요
군사 쿠데타의 독재자 박정희는
대체 무슨 짓을 하다가 중앙정보부장의 총탄을 맞았는지
5·18 광주항쟁과 87년 민주화운동은 또 어째서 폭발했는지

전두환과 노태우는 어쩌다 감옥에 갔는지
BBK 사기꾼 이명박은 4대강이며 온 나라를 어떻게 말아먹었는지
노무현 대통령은 홀로 또 얼마나 절망했는지
김대중 대통령은 또 땅을 치며 얼마나 울다가 돌아가셨는지
우리는 이미 다 알았지요
정말 다 알면서도 당하기만 했습니다

그리하여 지금은 그리운 금강산도 다시 못 가고
예고도 없이 개성공단의 문은 덜컥 닫히고
도라산역 경의선 열차는 문서 창고 합의문 속에서만 달리고
오늘도 3천만 마리의 닭들이 살처분되는
아수라 지옥의 한반도, 치욕의 조국, 모욕의 나라, 능멸의 국가
울화병을 참다못해 아우성 발버둥치는 국민들
마침내 하나 둘 거리에 나와 촛불을 들기 시작했지요
처음에는 십만 명이었지만

백만 명, 천만 명이 명예로운 촛불을 들었습니다
몰라요, 정말 모릅니다 오리발 청와대,
암흑천지 대한민국의 가면을 불태우는 횃불을 들기 시작했습니다
전 세계에서 가장 부끄러운 나라의 국민들이
전 세계에서 가장 아름다운 혁명을 일으키고 있습니다
한반도의 역사교과서를 새로 쓰기 시작했습니다
인류 문명사에 밑줄을 긋고 커다란 방점을 찍고 있습니다

그리하여 우리는 이미 다 알고 있습니다
서로 잘 몰라도 우리는 이미 척하고 다 알아봅니다
처음 만난 사람도 촛불만 보면 한순간에
그 마음, 그 열정을 서로 다 알아보고 환하게 웃습니다
새로운 국민, 새로운 국가, 우리는 이미 다 알고 있습니다
모르쇠 공화국, 대한민국의 적폐자들
우리들의 주적은 딱 한 무리
몰라요, 정말 모릅니다 되뇌는 무뇌아들

몰라요, 기억이 안 납니다 마구 씨불이는 바로 그 년놈들뿐입니다

살처분의 대상은 불쌍한 닭들이 아니라

바로 인두겁을 쓴 이 모르쇠 무리들뿐입니다

드디어 정유년 새해, 탄핵의 새날이 밝아옵니다

한반도에 전혀 새로운 붉은 닭들이 전국 곳곳에서 홰를 치며 웁니다

인류 역사상 본 적이 없는 전혀 새로운 닭들이 힘차게 울기 시작했습니다

우리는 이미 다 알고 있습니다, 우리 이제 다 보입니다

광장으로

이은봉

크고 넓고 광장에서 노는 것보다
작고 좁은 밀실에서 노는 것이
좋았다 나는, 혼자 책과 더불어

세상은 그만큼의 재미조차
내게 허락하지 않았다 너무 많이
책을 읽는 것이 문제였다

내일은 다 함께 광화문 광장으로
나가기로 했다 대통령이 싸지른
닭똥을 치우러 가기로 했다

광화문 광장에 나가면 누구라도
하늘 향해 손을 뻗을 수밖에 없다
'하야' '퇴진'을 외칠 수밖에 없다.

바람을 삼키는 촛불이여!

이재무

생일상 축하 케이크,
연인들 분홍빛 연정이거나
청춘의 푸른 낭만을 위해
은은히 커튼을 드리웠던 주홍 불빛들
거리로 쏟아져 나와
울면서, 자신의 몸을 아낌없이 녹여내면서
활활 불타오르고 있다
우리는 바람 불면 꺼지는 촛불이 아니다
우리는 바람 불면 더욱
활활 번져 타오르는 들불이다
하나의 촛불은 바람을 두려워하지만
백만 개 천만 개 촛불은 바람을 삼켜버린다
하나의 촛불은 어둠을 숨차하지만
백만 개 천만 개 촛불은 어둠을 지워버린다
촛불과 촛불, 목소리와 목소리가 만나서
요동치는 강물이 되고 우뚝 솟은 산이 되는 것을 보아라
혼자서는 불안하게 흔들리며 수줍던 분홍들이

백만 이백만 천만의 불꽃 파도가 되어 일렁이고
굽이치며, 비참과 굴욕의 성(城)을,
불통과 불신과 적폐의 벽을 무너뜨린다
96%의 원칙과 상식이
1%의 반칙과 비정상을 벌하기 위해 일어섰다
쓰레기는 불로 태워야 한다
장엄한 불빛이여, 활화산이여,
촛불의 배후는 순수다 양심이다 정의다
우리는 개돼지가 아니다
재산을 강탈한 도둑을 잡기 위하여
백만 촛불이 타오른다 천만 촛불이 타오른다
타올라라, 촛불이여, 신새벽이 올 때까지!

촛불

이정록

종이컵 밑바닥에
십자가를 긋고 초를 끼웁니다
물 대신 불을 담습니다
불을 몰아내고 물을 담기 위해

함성에 일렁이다가
분노에 일렁이다가
자유와 평화와 사람답게 산다는 것에 일렁이다가
참회와 수치심과 안타까움에 일렁이다가
다 잊고 있던 욕지거리와
수요 집회하는 할머니 얼굴과
군홧발에 채인 모든 사랑과
독촉고지서와 범칙금과 마이너스통장과
황금 들녘과 정자나무 이파리에 일렁이다가
눈물에 불어터진 자서전과
빈 자루만 동여맸던 허기뿐인 세상에 일렁이다가
두부 빛 두 손을 내려보다가

일언이 폐지! 여기 억만 촛불로
단 한 사람에게 똥침을 놓습니다
너만이 촛불을 끌 수 있지, 심장까지 들이박습니다
마음의 곳간마다 촛농이 쌓인 사람들
스스로 자유가 되는 희고 붉은 민주주의들
마른 손등으로 감격의 눈물을 훔치는 사람들
할 수 있는 일이라곤 배를 엎어버리는 일
울돌목으로 뱃머리를 밀고 가는 하느님들
너만 뛰어내리면 배는 다시 큰 바다로 갈 수 있지
어기어차, 울돌목으로 그네를 밀어라
거기까지만 촛불을 밝혀주마
종이컵 같이 하얀 사람들

종이컵 밑바닥에
성호를 긋고 촛불을 밝힙니다
불을 몰아내고 물을 담기 위해
오늘은, 십자가를 올리는 날

눈싸움

전영관

토용(土俑)들이 도열한 거리

애벌구이도 거치지 않은 얼굴에 투구를 차렸다
장검 대신 몽둥이를
막아낼 화살도 없는데 방패를 들고
이팝꽃 스러진 광장 가득
척 척 척 척 종으로 횡으로 정렬하고 둘러선다

장대비 퍼부으면 짓물러 주저앉으려나
불에 구워져 돌덩이 되기 전에 깨뜨리면 되려나
달려가 밀쳐보고 어깨 걸고 힘으로라도 해보자고
주먹 쥐고 신발 끈 고쳐 매고
힘없다는 표식인 양 팔목에 손수건 감고
우르르 일어서다가 저것들은 무슨 죄냐고
기만의 묘지로 징집당한 순장품일 뿐인데
만리장성을 쌓을 수는 없어 대신 세운
인의 장벽이고 투구 벗으면 다정한 청년으로 돌아올 텐데

우리가 일 대 일로 비폭력 비무장으로
창검보다 강력한 침묵으로 맞서보자고
전장을 관통하며 청춘을 보냈다는
그 여인이 앞서서 걸어나갔다

애들하고 눈 마주치니 왜 이러고 사나 싶고
눈 감추는 녀석들 보니 우리는 왜 이래야 하나 싶어
어느새 돌아와 주저앉아 펑펑 울기만 하는
아들만 둘인 그 여인을 내가 안다

더러는 울고 표정 감추지 못해 당황하는
토용(土俑)들이 도열한 광장
빚은 자는 숨고 토용(土俑)들만 도열한 광장
벚꽃이 서둘러 다녀가고
이팝꽃은 무리지어 강제로 떠밀리고
꽃 대신 평생 지지도 않을 눈물 만발해
후일엔 여기가 바다였을 거라고 확신할 만큼

짜고 쓰리고 애달픈 광장

가시리 같이 가시리

정수자

오른손 저지르는 짓 모르쇠 왼손은 똑 아몰랑

오른손에 박힌 가시 왼손은 영 못 빼내서 성난 채 곪는 동안 엄지 척 끙끙대다, 교회 가는 이웃 불러 눈물 쏙 빼고 보니 몇날 며칠 들쑤신 게 눈곱만 한 가시라, 패줄 수도 없다 툴툴대며 밴드나 붙이다가 티끌이 들보 된다 도수 다시 보다가, 영원 1번 들쑤셔서 애꿎은 사죄나 받다가 어물쩍 나선 손에 촛불 막 옮기는데, 때는 마침 소등 끝에 점화 명령 받들 때라

와! 와! 와! 손끝마다 피워 올린
눈부셔라 척척 불길 척척 꽃길

장수풍뎅이도 성난 뿔 앞세워

정원도

우리가 천년을 살아 도저하게 넘실대는 저 백만 촛불
어찌 다시 볼 수 있으리!
여기 의로운 촛불 하나 보탤 수 있는 감격
어찌 또 맞을 수 있으리!

너울처럼 해일처럼 솟구쳐 오르는 촛불이여!
염원이라고 혁명이라고 말하지 못하는 자 누구냐!

남북으로는 광화문 광장을 가득 메우고 남대문에 이르기까지
동서로는 동대문 종로를 지나 서소문으로 이어진 함성이
청계천 물길 따라 비장한 서슬로 되살아나
북소리 둥둥! 징소리 징징! 꽹과리 장단 앞세우고
경복궁 긴 담 끼고돌아 청기와집 에워싸네

임진년 국토를 난도질하던 왜군에 대항하여
분연히 일어섰던 의병들 이후로

방방곡곡 일제의 침략에 만주로, 상해로, 북간도로
독립만세 외치며 총칼로 무장했던 이후로
남북은 분단으로 가슴 저미고
친일의 후예들이 여전히 득세하는 나라

천길 심해로 침몰해가던 어린 목숨들 숨 컥컥!
분노로 가슴 뜯으며 바라보아야 했느니

아! 타는 목마름으로 유신에 맞서던 기억조차
하잘 것 없는 아낙의 사교(邪敎)에 분탕질되고
동네 주막집인 양 잡것들 꼬여들어
제 한 몫 챙기기에 혈안이네, 그러나 조국이여!

백만의 촛불이 단숨에 이백만이 되는 기개를 보아라!
땅끝 해남마을 서군과 촉석루 진주 동군이 합세하여
농토를 갈아엎던 트랙터 몰고 나와
서울로 진격하는 전봉준 투쟁단이여!

겹겹이 가로막은 공권력을 뚫고 진군 또 진군

장수풍뎅이도 성난 뿔 앞세워 광장으로 나아가지 않느냐
진군의 붉은 나팔소리 북악산 언덕을 향해 짖어대지 않느냐
수천의 깃발들 타는 목 길게 빼고 밤을 건너 나부끼지 않느냐
가슴에서 가슴으로 옮겨 붙는 들불이 되어 타오르지 않느냐

"시민들이여 우리가 나라다!" 외치며
광장으로 거리로 몰려나온 한 떨기 장엄한 횃불이지 않느냐!

촛불, 실록을 쓰다

정철훈

촛불 집회에 갔다 온 다음날 아침 김장을 하다가
무채를 치고 갓을 썰고 고춧가루를 붓다 말고
올해는 탄핵김치가 되겠네, 라는 말이 불쑥 튀어나왔다

올 김장은 돈이 없어 생새우도 생략했다는
아내의 말을 듣고 더 서럽던 참에
탄핵이라는 말이 절인 배추 속으로 녹아드는 게 보였다

주말마다 광장에 나가 탄핵과 하야를 외친 게 벌써 여덟 번
어느 한순간 청산이라는 말이 아득히 들려왔다
어릴 적 목욕탕에 갔을 때 열탕에 들어앉은 동네 어른이
눈을 감고 뽑아대던 처~엉~산

그때는 그이가 일제도, 육이오도, 보도연맹도 다 통과해
가까스로 살아남은 자임을 미처 몰랐었다
욕탕에 앉은 그대로 녹아버리고 싶다는 처~엉~산
이게 끝이면 좋겠다는 처~엉~산

그때는 욕탕에서 목을 내놓고 실록을 썼다면
지금은 광장에서 촛불을 들고 실록을 쓴다

그 청산이 청산리 벽계수의 청산(靑山)이었다 해도
내게는 청산(淸算)으로 들려왔고
나는 생새우 대신 탄핵이라는 양념을
한 줌 더 뿌려주었다

국화를 던지다

정희성

경찰을 향해 시위대가
국화를 던졌다는 기사를
국회를 던졌다로 잘못 읽었네
왜 그랬을까 꽃이 아니라
돌을 던지던 시절이 있었지
기왕이면 경찰도 방패 대신
국화를 들었으면 좋겠네
촛불이 횃불로 변하기 전에
국화를 들었으면 좋겠네

광장은 즐겁다

조원

원수(怨讐)는 광장에서 만난다.
불꽃을 들고 다친 마음들이 거리로 나선다.

혁명의 광장은 촛불이 민심이다.
민중이 촛불이다.

너희는 우리를 개돼지라 부른다.
소녀들이 깔창에 피 흘리고,
파도에 휩쓸리는 동안에도
밀실에서 치정의 역사를 쓴다.
색색의 원단으로 엉덩이를 감싼다.

그런 무리에게 피고름 짜며
노동력을 갖다 바쳤다. 가난한 우리는
더 가난한 우리의 힘이 되려고 일을 했다.

너희는 교활하게 독식하고,

금테 이빨로 살코기를 물어뜯고,
적선하듯 뼈다귀를 던져준다.

눈알까지 파 먹힌 우리가
더는 개돼지로 살 수 없어서
분노의 촛불을 켠다.

음흉한 자의 눈에는
불면 훅 꺼질 불씨로 보이겠지만,
가슴에서 번지는 불꽃은 꺼지지 않는 법.

악질의 뿌리여, 반복의 역사여.
더러운 권력이여, 착취여.
포식자의 뱃가죽을 불태우기 위해
광장은 오래오래 즐겁다.
살아서 뜨겁다.

대한민국 2016년 12월 촛불혁명

채상근

촛불이 일렁이는 바다가 되어
파도가 되어 밀려오는 민주 광장을 보았는가
서울 광화문 광장에서 부산 서면 중앙대로에서
대구 동성로에서 광주 금남로에서
수백만 촛불 민주 시민들이 거리에서 광장에서
분노와 응어리진 가슴에서 터져 나오는
혁명의 함성을 듣고 있는가

독재자의 딸 수첩공주 박근혜는
최순실의 농간에 나라를 떠맡기고
마취제가 흐르는 청와대 관저로 몸을 숨기고
노동 착취로 빨아들인 돈을 뜯어 최순실 딸한테 바치는
썩어빠진 재벌이 판치는 나라를
재벌기업 총수들이 던진 미끼를 물고
웃음을 파는 대통령을 본 적이 있는가

세월호 참사에 삼백여 명의 아이들이

깊은 바다에 빠져 숨이 넘어가는 시간에
얼굴 주름을 펴려고 뻔뻔하게 필러주사를 맞는
미용사를 불러 몇 시간씩 머리 손질을 하는
상식도 없고 잘못을 모르는 비정상인 대통령이
최순실의 지시대로 정부를 주무르다
들통난 나라를 본 적이 있는가

경찰 공권력의 차벽을 꽃벽으로 도배를 하는
시민들의 아름다운 지혜를 보았는가
촛불이 지나간 자리마다 민주주의의 꽃은 피어나고
바람에 꺼지지 않는 촛불이 횃불이 되는
시민들의 따스한 손길을 느껴 보았는가
거리에서 광장에서 밤새도록 부르는
혁명의 노래를 불러본 적이 있는가

세계인들아 우주인들아
비상식 비정상 비민주적인 대통령을

주권자인 시민의 민주정신으로 촛불의 힘으로
탄핵시킨 나라를 본 적이 있는가
부정부패 불공정 불평등을 모두 태워버린
대한민국 2016년 12월 촛불혁명을
일찍이 본 적이 있는가

오직 한 송이 촛불로

천수호

아스팔트에 착 달라붙은 저것
책받침도 없이 끌고 다닌 흑심 가루를 털며
이제 어둠은 다 내려놓으라고 쓰는 붓 한 자루
눈처럼 비처럼 내리는 것은
이불로 끌어다 덮을 수도 없는 것
차갑지도 뜨겁지도 않은 저 변명의 말을
혓바닥의 분장이라고 해본다
끝이 갈라져가는 청동의 혀를
촛불 한 자루가 쫓아간다
활활 용접되는 어둠의 몸피
비와 눈을 피하고 싶은 번데기 한 마리가
가장 작게 몸을 말아서
꽁꽁 숨어버린 저 검은 잎
그 가운데에서 핀다
명명백백 선명해지는 오직 한 송이 저 꽃

어린이의 촛불

최종천

그렇다, 촛불은 바람이 불면 꺼진다. 그것이
우리가 항거의 의지로 촛불을 드는 이유이다.
촛불을 끌 수 있는 것은 불법과 독재 오만과,

광장에서 우리가 주춤거리며 나아가는 것은
군중 속에 섞여 있는 촛불만큼이나 어린 생명
촛불을 든 어린이의 걸음에 맞추기 위해서이다.

촛불의 불꽃은 어린이의 얼굴만큼 간절히 타오르고
생명이란 그토록 여리고 꺼지기 쉬운 것이기에
꺼지지 않도록 우리는 촛불을 가슴에 안기도 한다.

꼬마들은 어떻게 촛불이 다할 때까지는 서 있어야 한다는 것을 아는지
나는 주저앉는 녀석들을 본 적이 없다.
아빠가 무너지기라도 할 것처럼
다리에 기대어 아빠를 받쳐주는 꼬마들을 보라.

이 간절한 촛불을 지키기 위해 우리는
바람 거센 광장에 나서는 것이다.

촛불, 대한민국 2016

홍사성

해 저문 광화문에 촛불 하나 밝힌다

한 개는 열 개를 밝히고 백 개는 천 개를 밝히고 만 개는 십만 개를 밝히고 백만 개는 천만 개를 밝히는 끝도 없이 출렁이는 촛불의 밤바다

전국 방방곡곡을 한마음으로 밝힌다

서울에서 춘천 강릉까지 천안에서 청주 대전까지 전주에서 광주 순천까지 대구에서 마산 부산까지 그리고 바다 건너 푸른 섬 제주까지

초겨울 추운 밤에 밤새도록 밝힌다

어둡고 삿된 것들은 권력으로 등쳐먹는 것들은 죄짓고도 후안무치한 것들은 빨리 무릎 꿇으라고 어서 꺼지라고 어른 아이 친구들 착한 얼굴로 나와

수록 시인 소개

촛불 집회 일지

문화예술인 블랙리스트 명단

수록 시인 소개

강은교 1945년 함남 홍원 출생. 1968년 『사상계』 등단. 시집 『허무집』, 『초록 거미의 사랑』, 『바리연가집』 등.

고은 1933년 전북 군산 출생. 1958년 『현대시』 등단. 『만인보』, 『문의 마을에 가서』, 『허공』 등.

공광규 1960년 서울 출생. 1986년 『동서문학』 등단. 시집 『소주병』, 『말똥 한 덩이』, 『담장을 허물다』 등.

권서각 1951년 경북 순흥 출생. 1977년 『조선일보』 등단. 시집 『눈물반응』, 『쥐뿔의 노래』, 산문집 『그르이 우에니껴?』 등.

권혁재 1964년 경기도 평택 출생. 2004년 『서울신문』 등단. 시집 『투명인간』, 『고흐의 사람들』 등.

김광렬 1954년 제주 출생. 1988년 『창작과 비평』 등단. 시집 『가을의 詩』, 『그리움에는 바퀴가 달려 있다』, 『모래 마을에서』 등.

김명수 1945년 경북 안동 출생. 1977년 『서울신문』 등단. 시집 『월식』, 『하급반 교과서』, 『피뢰침과 심장』 등.

김명철 1962년 충북 옥천 출생. 2006년 『실천문학』 등단. 시집 「짧게, 카운터펀치」, 「바람의 기원」 등.

김병호 1971년 전남 광주 출생. 2003년 『문화일보』 등단. 시집 『달 안을 걷다』, 『밤새 이상을 읽다』 등.

김선태 1960년 전남 강진 출생. 1993년 『현대문학』 등단. 시집 『간이역』, 『작은 엽서』, 『동백숲에 길을 묻다』, 『살구꽃이 돌아왔다』, 「그늘의 깊이」 등.

김성규 1977년 충북 옥천 출생. 2004년 『동아일보』 등단. 시집 『너는 잘못 날아왔다』, 『천국은 언제쯤 망가진 자들을 수거해가나』 등.

김수복 1953년 경남 함양 출생. 1975년 『한국문학』 등단. 시집 『지리산 타령』, 『새를 기다리며』, 『외박』 등.

김연필 1986년 충남 대전 출생. 2012년 『시와 세계』 등단. 시집 『위작들』.

김용락 1958년 경북 의성 출생. 1984년 창비 신작시집으로 등단. 시집 『산수유나무』 『푸른별』 등.

김윤환 1963년 경북 안동 출생. 1989년 『실천문학』 등단. 시집 『그릇에 대한 기억』, 『까띠뿌난에서 만난 예수』, 『이름의 풍장』 등.

김종원 1960년 경남 울산 출생. 1986년 『시인』 등단. 시집 『새벽, 7번국도를 따라가다』, 『흐르는 것은 아름답다』 등.

김종인 1955년 경북 김천 출생. 1983년 『세계의 문학』 등단. 시집 『아이들은 내게 한 송이 꽃이 되라 하네』, 『내 마음의 수평선』 등.

김준태 1948년 전남 해남 출생. 1969년 『시인』 등단. 시집 『참깨를 털면서』, 『국밥과 희망』, 『지평선에 서서』 등.

김지희 1960년 경북 성주 출생. 2006년 『사람의 문학』 등단. 시집 『토르소』.

김창규 1954년 충북 보은 출생. 1984년 『분단시대』 등단. 시집 『푸른 벌판』, 『그대 진달래꽃 가슴 깊이 물들 때』, 『슬픔을 감추고』 등.

나문석 1957년 경북 대구 출생. 2009년 『시에』 등단. 시집 『정삼각형 가족』 등.

나종영 1954년 전남 광주 출생. 1981년 신작 시집 『우리들의 그리움은』(창작과비평) 등단. 시집 『끝끝내 너는』, 『나는 상처를 사랑했네』 등.

나해철 1956년 전남 나주 출생. 1982년 『동아일보』 등단. 시집 『무등에 올라』, 『동해일기』, 『영원한 죄 영원한 슬픔』 등.

남효선 1958년 경북 울진 출생. 1989년 『문학사상』 등단. 시집 『둘게삼』 등.

맹문재 1963년 충북 단양 출생. 1991년 『문학정신』 등단. 시집 『먼 길을 움직인다』, 『물고기에게 배우다』, 『책이 무거운 이유』, 『사과를 내밀다』, 『기룬 어린 양들』 등.

문창길 1958년 전북 김제 출생. 1984년 『두레시』 등단. 시집 『철길이 희망하는 것은』 등.

박노정 1950년 진주 출생, 1980년 『호서문학』 등단. 시집 『눈물공양』 등.

박노해 1957년 전남 함평 출생. 1983년 『시와경제』 등단. 시집 『노동의 새벽』, 『참된 시작』, 『사람만이 희망이다』, 『그러니 그대 사라지지 말아라』 등.

박남준 1957년 전남 법성포 출생. 1984년 『시인』 등단. 시집 『중독자』, 『그 아저씨네 간이 휴게실 아래』, 『적막』, 『다만 흘러가는 것들을 듣는다』, 『그 숲에 새를 묻지 못한 사람이 있다』 등.

박몽구 1956년 전남 광주 출생. 1977년 『대화』 등단. 『개리 카를 들으며』, 『봉긋하게 부푼 빵』, 『수종사 무료찻집』, 『칼국수 이어폰』 등.

박서영 1968년 경남 고성 출생. 1995년 『현대시학』 등단. 시집 『붉은 태양이 거미를 문다』, 『좋은 구름』 등.

박설희 1964년 강원 속초 출생. 2003년 『실천문학』 등단. 시집 『쪽문으로 드나드는 구름』 등.

박완호 1965년 충북 진천 출생. 1991년 『동서문학』 등단. 시집 『너무 많은 당신』, 『물의 낯에 지문을 새기다』, 『아내의 문신』, 『염소의 허기가 세상을 흔든다』, 『내 안의 흔들림』 등.

배창환 1955년 경북 성주 출생. 1981년 『세계의 문학』 등단. 시집 『겨울 가야산』, 『흔들림에 대한 작은 생각』 등.

백무산 1955년 경북 영천 출생. 1984년 『민중시』 등단. 시집 『만국의 노동자여』, 『동트는 미포만의 새벽을 딛고』, 『인간의 시간』, 『길은 광야의 것이다』, 『초심』, 『길 밖의 길』, 『거대한 일상』, 『그 모든 가장 자리』, 『폐허를 인양하다』 등.

서안나 1965년 제주 출생. 1990년 『문학과 비평』 등단. 시집 『푸른 수첩을 찢다』, 『플롯 속의 그녀들』, 『립스틱 발달사』 등.

서정춘 1941년 전남 순천 출생. 1968년 『신아일보』 등단. 시집 『竹篇』, 『봄, 파르티잔』, 『귀』, 『물방울은 즐겁다』, 『이슬에 사무치다』 등.

손현숙 1959년 서울 출생. 1999년 『현대시학』 등단. 시집 『너를 훔친다』, 『손』, 『경계의 도시』 등.

신경림 1935년 충북 충주 출생, 1956년 『문학예술』 등단. 시집 『농무』, 『새재』, 『달 넘세』, 『가난한 사랑노래』, 『길』, 『쓰러진 자의 꿈』, 『어머니와 할머니의 실루엣』, 『낙타』, 『사진관집 2층』 등.

양문규 1960년 충북 영동 출생. 1989년 『한국문학』 등단. 시집 『벙어리 연가』, 『영국사에는 범종이 없다』, 『집으로 가는 길』, 『식량주의자』 등.

오인태 1962년 경남 함양 출생. 1991년 『녹두꽃』 등단. 시집 『그

곳인들 바람 불지 않겠나』, 『혼자 먹는 밥』, 『등 뒤의 사랑』, 『아버지의 집』, 『별을 의심하다』 등.

오춘옥 1961년 경기 수원 출생. 1986년 『심상』 등단. 시집 『뒷모습이 말했다』 등.

유승도 1960년 충남 서천 출생. 1995년 『문예중앙』 등단. 시집 『작은 침묵들을 위하여』, 『차가운 웃음』, 『천만년이 내린다』 등.

윤석홍 1956년 충남 공주 출생. 1987 『분단시대』 등단. 시집 『저무는 산이 아름답다』, 『밥값은 했는가』 등.

윤임수 1966년 충남 부여 출생. 1998년 『실천문학』 등단. 시집 『상처의 집』 등.

윤중목 1962년 경기도 전곡 출생. 1989년 제2회 전태일문학상 시 부문 수상. 시집 『밥격』 등.

이승하 1960년 경북 의성 출생. 1984년 『중앙일보』 등단. 시집 『폭력과 광기의 나날』, 『생명에서 물건으로』, 『감시와 처벌의 나날』 등.

이원규 1962년 경북 문경 출생. 1984년 『월간문학』 등단. 시집 『빨치산 편지』, 『지푸라기로 다가와 어느덧 섬이 된 그대에게』, 『돌아보면 그가 있다』, 『옛 애인의 집』, 『강물도 목이 마르다』 등.

이은봉 1953년 충남 공주 출생. 1984년 『창작과비평』 등단. 시집 『내 몸에는 달이 살고 있다』, 『길은 당나귀를 타고』, 『걸레옷을 입은 구름』 등.

이재무 1958년 충남 부여 출생. 1985년 『문학과사회』, 『실천문학』 등단. 시집 『온다던 사람 오지 않고』, 『푸른 고집』, 『길 위의 식사』 등.

이정록 1964년 충남 홍성 출생. 1993년 『동아일보』 등단. 시집

『눈에 넣어도 아프지 않은 것들의 목록』, 『어머니 학교』, 『정말』, 『의자』 등.

전영관 1961년 충남 청양 출생. 2011년 『작가세계』 등단. 시집 『바람의 전입신고』, 『부르면 제일 먼저 돌아보는』 등.

정수자 1957년 경기 용인 출생. 1984년 세종숭모제전 전국시조백일장 장원. 시집 『비의 후문』, 『탐하다』, 『허공 우물』, 『저녁의 뒷모습』, 『저물 녘 길을 떠나다』 등.

정원도 1959년 대구 출생. 1985년 『시인』 등단. 시집 『그리운 흙』, 『귀뚜라미 생포 작전』.

정철훈 1959년 전남 광주 태생. 1997년 『창작과비평』 등단. 시집 『살고 싶은 아침』, 『내 졸음에도 사랑은 떠도느냐』, 『개 같은 신념』, 『빛나는 단도』 등.

정희성 1945년 경남 창원 출생. 1970년 『동아일보』 등단. 시집 『답청(踏靑)』, 『저문 강에 삽을 씻고』, 『한 그리움이 다른 그리움에게』, 『시를 찾아서』, 『돌아다보면 문득』, 『그리운 나무』 등.

조원 1968년 경남 창녕 출생. 2009년 『부산일보』 등단. 시집 『슬픈 레미콘』 등.

채상근 1962년 강원 춘천 출생. 1985년 『시인』 등단. 시집 『다음 열차를 기다리는 사람들』, 『거기 서 있는 사람 누구요』, 『사람이나 꽃이나』 등.

천수호 1964년 경북 경산 출생. 2003년 『조선일보』 등단. 시집 『아주 붉은 현기증』, 『우울은 허밍』 등.

최종천 1954년 전남 장성 출생. 1986년 『세계의문학』 등단. 시집 『눈물은 푸르다』, 『나의 밥그릇이 빛난다』, 『고양이의 마술』.

홍사성 1951년 강원도 강릉 출생. 2007년 『시와시학』 등단. 시집 『내년에 사는 법』 등.

촛불 집회 일지

[2016년]

10/29(토) 오후 6시. 첫 촛불 집회. 청계광장 등 전국.
- 슬로건 : "모이자! 분노하자! 내려와라 박근혜! 시민촛불"
- 주최 : 민중총궐기투쟁본부
- 참가 인원 : 2만 명

11/5(토) 오후 4시. 2차 범국민행동(촛불 집회). 광화문광장 등 전국.
- 슬로건 : "모이자! 분노하자! 내려와라 박근혜! 시민촛불"
- 주관 : 민중총궐기투쟁본부, 백남기투쟁본부, 시민사회단체연대회의, 4·16연대, 민주주의국민행동. 주최 : 박근혜정권 퇴진 비상국민행동(준)
- 참가 인원 : 20만 명

11/9(수) 전국 1,553개 시민사회단체 대표자 회의 및 '박근혜정권 퇴진 비상국민행동'(약칭 퇴진행동) 발족 기자회견(프란치스코 교육회관 4층 강당).
박근혜정권 즉각 퇴진, 철저한 진상 규명을 위한 독립 특검 도입, 언론의 공정 보도 등을 요구함.

11/12(토) 3차 범국민행동(촛불 집회). 시청광장, 광화문광장 등 전국.

- 슬로건 : "백남기·한상균과 함께 민중의 대반격을! 박근혜 정권 퇴진! 2016 민중 총궐기"
- 행사 내용 : 오후 4시 집회, 5시 청와대 에워싸기 행진, 6시 30분 박근혜 퇴진을 위한 공동행동(불빛시위, 함성, 합창 등).
- 참가 인원 : 100만 명(서울 90만, 지역 10만)

11/19(토) 4차 범국민행동(촛불 집회). 광화문광장 등 전국.
- 슬로건 : "모이자! 광화문으로! 밝히자! 전국에서"
- 행사 내용 : 오후 6시 집회, 7시 30분 행진.
- 참가 인원 : 96만 명(서울 60만 명)

11/26(토) 5차 범국민행동(촛불 집회). 광화문광장 등 전국.
- 슬로건 : "200만의 함성 200만의 촛불"
- 행사 내용 : 오후 4시 청와대 인간띠 잇기, 6시 본행사, 8시 행진.
- 참가 인원 : 160만 명(서울 130만 명)

12/3(토) 6차 범국민행동(촛불 집회). 광화문광장 등 전국.
- 슬로건 : "촛불의 선전포고, 박근혜 즉각 퇴진의 날"
- 행사 내용 : 오후 4시 청와대 포위, 6시 본행사, 7시 행진.
- 참가 인원 : 232만 명(서울 170만 명)

12/9(금) 오후 4시 10분. 국회에서 박근혜 대통령 탄핵소추안 가결.

재적의원 300명 가운데 299명이 참여해 찬성 234표로 가결(반대 56표, 기권2표, 무효 7표).

12/10(토) 7차 범국민행동(촛불 집회). 광화문광장 등 전국.

- 슬로건 : "안 나오면 쳐들어간다! 박근혜 정권 끝장내는 날"
- 행사 내용 : 오후 4시 청와대 포위, 6시 본대회, 7시 30분 행진, 9시 인권 콘서트.
- 참가 인원 : 104만 명(서울 80만 명)

12/17(토) 8차 범국민행동(촛불 집회). 광화문광장 등 전국.

- 슬로건 : "끝까지 간다! 박근혜 즉각 퇴진, 공범 처벌, 적폐 청산의 날"
- 행사 내용 : 오후 4시 퇴진 콘서트 물러나쇼, 5시 본집회, 6시 30분 행진.
- 참가 인원 : 전국 77만 명(서울 65만 명)

12/24(토) 9차 범국민행동(촛불 집회). 광화문광장 등 전국.

- 슬로건 : "끝까지 간다! 박근혜 즉각 퇴진, 조기 탄핵"
- 행사 내용 : 오후 1시 30분 김제동 만민공동회, 3시 적폐 청산! 6대 긴급 현안 해결을 위한 토크콘서트 〈국민의 명령〉, 4시 퇴진 콘서트, 5시 집회, 6시 행진, 9시 30분 하야 크리스마스 콘서트.
- 참가 인원 : 전국 70만 명(서울 60만 명)

12/31(토) 10차 범국민행동(촛불 집회). 광화문광장 등 전국.

- 슬로건 : "송박영신"(送朴迎新 : 박근혜 대통령을 보내고 새해를 맞음)
- 행사 내용 : 5시 30분 송박영신 발언대, 7시 본집회, 8시 송박영신 콘서트, 9시 30분 행진, 11시 보신각 퍼포먼스.
- 참가 인원 : 전국 110만 명(서울 100만 명)

* 2016년 10월 29일에 시작된 박근혜 대통령 퇴진을 외치는 촛불 집회가 10차에 이르러 연인원 1,000만 명을 넘어섬.

[2017년]

1/7(토) 11차 범국민행동(촛불 집회). 광화문광장 등 전국.
- 슬로건 : "박근혜는 내려가고 세월호는 올라오라"(세월호 참사 1,000일(1월 9일)을 맞아 희생자를 추모하고 진실 규명과 책임자 처벌 요구)
- 행사 내용 : 4시 추모 콘서트, 5시 사전 행사, 5시 30분 본집회, 7시 행진.
- 참가 인원 : 전국 65만 명(서울 60만 명)

* 수많은 개인 및 단체가 전국에서 매일 촛불 집회를 열고 있으나 지면 관계상 생략함.
* 출처 및 참고 : 박근혜정권 퇴진 국민행동 전국대표자회의 회의 자료(2016. 12. 1), 박근혜정권 퇴진 비상국민행동 홈페이지(http://bisang2016.net), 페이스북, 기타 일간 신문.

문화예술인 블랙리스트 명단

청와대가 지난해 문화체육관광부로 내려 보낸 것으로 알려진 문화예술계 블랙리스트 명단. 『한국일보』 10월 12일 보도. 2015년 5월 1일 '세월호 정부 시행령 폐기 촉구 선언'에 서명한 문화인 594명, 2014년 6월 '세월호 시국선언'에 참여한 문학인 754명, 지난 대선 당시 '문재인 후보 지지선언'에 참여한 예술인 6,517명, 2014년 서울시장 선거 때 '박원순 후보 지지 선언'에 참여한 1,608명임.

이들 중 확인이 가능한 명단으로 '세월호 정부 시행령 폐기 촉구 선언' 문화인 594명, 2014년 6월 문학인 '세월호 시국선언' 754명, 2012년 대선 '문재인 후보 지지 선언' 문화예술인 4,110명, 2014년 6월 '박원순 서울시장 후보 지지선언' 문화예술인 909명임.

[2015년 5월 1일 '세월호 정부 시행령 폐기 촉구 선언' 서명 문화인 594명 명단]

강경호(연출,배우) 강내영(작가) 강내희(지식순환협동조합 대안대학 학장) 강동옥(경남민예총이사장) 강명환(배우) 강상구(노래패 우리나라 대표) 강세진(영화인) 강우석(음악인) 강유가람(영화인) 강정화(의상디자이너) 강제권(연극인) 강주미(춤패 바람 대표) 강철우(영화감독) 강현숙(시인) 강혜정(영화제작자) 고동업(신화극장 배우, 연출) 고려민(기획) 고소라(소리꾼) 고승하(한국민예총이사장) 고영재(영화인) 고인환(평론가) 고증식(시인) 고현아(영화인) 고홍진(연극인) 공수창(영화감독) 곽민준(영화배우) 곽용수(영화인) 곽효환(시인) 구은서(작가) 구자환(영화인) 권근영(연극인) 권민호(사진가) 권양희(경남민예총사무처장) 권여선(소설가) 권은혜(영화인) 권지인(배우) 권태건(배우) 권하형(사진가) 권혁소(시인) 권현준(영화인) 권효(영화감독) 김경만(영화인) 김경수(서울민예총 공연예술위원장) 김경수(영화인) 김경아(미술인) 김경형(영화감독) 김관(연출) 김국형(영화인) 김근(시인) 김기덕(영화감독) 김기빈(음악인) 김나라(배우) 김나영(작가) 김남일(소설가) 김동규(드로잉수업인) 김명종(충북민예총사무처장) 김모은(배우) 김미경(배우) 김미진(풍물패 다스름 대표) 김민(사진가) 김민중(홍우주 문화예술 협동조합 사무국장) 김민철(영화인) 김민호(시인) 김병용(소설가) 김보년(영화인) 김봉건(배우) 김봉준(미술인) 김사빈(연출) 김상규(영화인) 김상철(문화연대 집행위원), 김상화(영화인) 김서령(소설가) 김선(영화인) 김선구(영화인) 김선숙(영화인) 김선우(시인) 김선하(미술) 김선화(문화예술인) 김성규(시인) 김성균(영화인) 김성수(극작가) 김성윤(문화사회연구소 소장) 김성환(영화프로듀서) 김소연(사진가) 김솔지(홍우주 문화예술 협동조합 이사) 김수란(배우) 김수빈(음악인) 김수열(시인) 김숙인

(배우) 김숙현(영화인) 김승환(영화인) 김시권(영화배우) 김시정(배우) 김신(사진가) 김연호(영화인) 김영(영화프로듀서) 김영섭(미술인) 김영호(대전민예총이사장) 김영희(춤이론가) 김완동(영화동시녹음) 김요환(영화인) 김은영(문화예술인) 김이구(소설가) 김이다(영화프로듀서) 김일권(영화제작자) 김장동(배우) 김정석(영화인) 김정은(배우) 김정헌(화가, 전 서울문화재단 이사장) 김정희(춤패 선언) 김조광수(영화인) 김종석(배우) 김준(영화감독) 김준범(연극인) 김준호(영화인) 김지연(영화프로듀서) 김지영(배우) 김지영(사진가) 김지운(영화인) 김지훈(음악인) 김진혁(음악인) 김천일(미술인) 김철민(영화인) 김태성(배우) 김태우(영화배우) 김태일(영화인) 김태현(배우) 김태현(안산민예총 지부장) 김태환(사진가) 김한봉희(연극인) 김한솔(영화인) 김해자(시인) 김현(세종문화회관 노동조합 위원장) 김혜수(영화배우) 김혜정(영화인) 김혜준(문화인, 소셜디자이너) 김호준(배우) 김홍익(영화감독) 김효비(배우) 김효열(사진가) 김효진(배우) 김홍구(사진가) 나도원(음악평론가, 예술인소셜유니온 공동위원장) 나종영(시인) 나희덕(시인) 남권우(영화프로듀서) 남기성(연극연출가) 남문철(영화인) 남수한(뮤지션유니온 운영위원) 남태우(영화인) 노동우(연기자) 노병갑(프로듀서) 노순택(사진가) 노일환(영화프로듀서) 도창선(배우) 도현진(사진가) 라은영(예술교육기획) 레지나(배우) 류성(연극인) 류승완(영화감독) 류연복(미술인) 류재광(풍물인) 마승낙(프로듀스) 맹봉학(연극인, 영화인) 맹선화(배우) 명계남(영화배우) 모성진(영화인) 모지은(영화감독) 모호(뮤지션유니온 운영위원) 목정윤(배우) 무이(뮤지션유니온 간사) 문계봉(시인) 문동만(시인) 문선영(영화인) 문성근(영화배우) 문성준(영화인) 문소리(영화배우) 문의영(배우) 민규동(영화감독) 민동현(영화인) 민용근(영화감독) 민정연(꽃다지) 박경훈(한국민예총부이사장, 제주민예총이사장) 박근화(배우) 박김형준(사진가) 박남준(시인) 박명희(배우) 박미경(사진기획자) 박

민석(사진가) 박민철(음향기술) 박배일(영화인) 박범신(소설가) 박범훈(영화감독) 박불똥(미술인) 박석영(영화감독) 박석주(뮤지션) 박선영(문화연대) 박선영(작곡가) 박성근(영화프로듀서) 박성우(시인) 박성일(영화프로듀서) 박성진(영화감독) 박소현(영화인) 박수연(평론가) 박승화(사진가) 박영균(미술인) 박은태(미술인) 박은하(영화프로듀서) 박인식(영화감독) 박재동(만화가) 박정범(영화감독) 박정의(극단초인, 연출) 박제욱(영화인) 박종관(충북민예총이사장) 박종대(강원민예총사무처장) 박종식(사진가) 박종욱(연극인) 박주원(사진가) 박준(가수) 박지연(사진가) 박지영(문화예술인) 박지혜(배우) 박진(미술인) 박진우(음악인) 박진화(미술인) 박진희(영화인) 박찬국(미술가) 박찬욱(영화감독) 박찬일(요리사) 박철(시인) 박해일(영화배우) 박현욱(춤패 선언) 박홍식(영화감독) 박희정(김포들가락연구회 대표) 박희정(영화인) 반민순(부산민예총사무처장) 방원식(배우) 방은진(영화감독) 방정아(미술인) 배선우(신화극장 극작, 연출) 배유리(배우) 배인석(한국민예총사무총장) 배혜진(배우) 백대현(배우) 백성철(배우) 백재호(영화감독) 백현주(배우) 변백선(사진가) 변성찬(영화인) 변종수(연극인) 변지안(영화작가) 부지영(영화감독) 서미영(선언) 서성란(소설가) 서수경(미술인) 서영인(평론가) 서정식(배우) 서정원(시인) 서정훈(우리소리연구회 솟대 대표) 선정화(배우) 성남훈(사진가) 성중곤(영화인) 성창훈(인천민예총사무국장) 성효숙(미술인) 손민희(배우) 손병휘(음악인) 손승호(음악인) 손승희(음악인) 손혜정(배우) 송강호(영화배우) 송경동(시인) 송규학(영화인) 송수연(청개구리제작소) 송수정(사진기획자) 신미혜(영화인) 신성익(배우) 신아리(연극인) 신은경(배우) 신은실(영화인) 신재훈(연출) 신주욱(화가, 디자이너) 신준현(영화인) 신학철(미술인) 신혜원(그림책작가) 심근섭(배우) 심보선(시인) 심상태(연극인) 심재명(영화제작자) 아네스박(사진기획자) 안계섭(가수) 안보영(영화프로듀서) 안창규(영화인) 양동규(제주민예총사무처장) 양동탁(배우) 양진억(배우) 엄옥란(배우) 여인선(음악인) 연영석(문화노동자) 염무웅(평론가) 오민정(배우) 오세곤(연출) 오수미(영화프로듀서) 오점균(영화감독) 오정훈(영화인) 오종선(한국민예총선임이사) 오준석(공연기획) 오현진(영화인) 오혜림(배우) 오혜진(배우) 우승인(영화감독) 우제준(배우) 우종필(공연축제기획) 우혜림(배우) 원애리(문화기획) 원용진(문화연대 공동대표) 원유진(공연기획) 원유진(기획) 원종찬(평론가) 원현숙(영화인) 유대수(화가) 유명상(배우) 유상우(전북민예총사무처장) 유성엽(영화감독) 유성욱(음악인) 유영봉(서울괴담 대표) 유용주(시인) 유정민(배우) 유정숙(배우) 유정은(영화인) 유정탁(시인) 유희종(배우) 윤가현(영화배우) 윤기호(영화프로듀서) 윤덕현(영화인) 윤만식(한국민예총광주지회지회장) 윤보경(연극인) 윤수종(뮤지션유니온 운영위원) 윤정모(소설가) 윤진서(영화배우) 이강민(울산민예총이사장) 이광석(문화연대 집행위원) 이광석(뮤지션유니온 사무국장) 이광수(사진가) 이광준(시민자치문화센터 소장) 이규철(사진가) 이기현(배우) 이난(영화감독) 이대성(사진가) 이대택(스포츠문화연구소 소장) 이도연(배우) 이도윤(시인) 이동수(만화가) 이동연(문화연대 집행위원장) 이두찬(문화연대) 이두희(서울민예총부회장) 이마리오(영화인) 이명세(영화감독) 이명익(사진가) 이미연(영화감독) 이미진(사진가) 이방수(기획) 이사라(문화기획자) 이상국(시인) 이상윤(춤패 춤누리 대표) 이상은(배우) 이상홍(배우) 이샛별(미술인) 이서이(배우) 이선일(미술인) 이설희(배우) 이성호(풍물굿패 삶터 대표) 이소선(드라마 리더) 이수정(영화인) 이수진(영화인) 이수진(음악인) 이승훈(사진가) 이승희(문화연대) 이시백(소설가) 이시영(시인) 이씬(음악인) 이안(영화평론가) 이양구(작가) 이영광(시인) 이영미(연출) 이완민(영화인) 이우기(사진가) 이원석(미술인) 이원우(영화인) 이원재(문화연대 문화정책센터 소장) 이윤선(사진가) 이은경(영화작가) 이은정(배우) 이자순(연출) 이자은(영화배우) 이재각(사진가) 이재무(시인) 이재용(도예인) 이재준(배우) 이정록(시인) 이정미(배우) 이정범(영화감독) 이정아(배우) 이종무(배우) 이종승(배우) 이종필(뮤지션유니온 감사) 이준동(영화제작자) 이준희(사진가) 이지연(영화인) 이진수(시인) 이진우(영화인) 이찬희(사진가) 이창동(영화감독) 이철수(미술인) 이청산(한국민예총부이사장, 부산민예총이사장) 이충렬(영화감독) 이하(미술인) 이한구(사진가) 이한일(배우) 이해성(작가) 이현순(한국민예총대구지회지회장) 이현정(사진가) 이현주(한국민예총사무국장) 이혜규(가수) 이홍재(배우) 이황의(배우) 이훈규(영화인) 임성찬(영화인) 임순례(영화감독) 임승묵(음악인) 임영선(미술인) 임옥상(미술인) 임인자(연출) 임인출(일과 놀이 대표) 임정희(문화연대 공동대표) 임종진(사진가) 임찬익(영화감독) 임창재(영화인) 임철빈(영화인) 임태훈(사진가) 임하나(작가) 장미이(춤꾼) 장성희(문화기획) 장순향(한국민예총부이사장) 장용철(배우) 장재승(영화배우) 장준환(영화감독) 전계수(영화감독) 전세훈(배우) 전소헌(배우) 전수일(영화감독) 전승일(영화인) 전윤환(연출) 전은정(교육연극연구소 프락시스 배우) 전희련(배우) 점좀빼(사진가) 정광호(영화작가) 정보용(디지탈레코드 대표) 정상민(영화인) 정성우(영화인) 정성호(배우) 정세훈(시인) 정세훈(인천민예총이사장) 정수진(영화인) 정양(시인) 정연홍(시인) 정용국(시인) 정용철(문화연대 집행위원) 정용택(영화인) 정우영(시인) 정운(사진가) 정원옥(문화연대 집행위원) 정윤섭(영화작가) 정윤철(영화감독) 정윤희(배우) 정은교(배우) 정은진(선언) 정은진(안산민예총 사무국장) 정지영(영화감독) 정지창(문학) 정택용(사진가) 정혜윤(꽃다지) 정혜정(음악인) 정희성(시인) 조두리(배우) 조석준(배우) 조선형(작곡가) 조성칠(대전민예총상임이사) 조성희(영화감독) 조세핀(사진가) 조소연(사진가) 조수정(배우) 조연수(영화감독) 조영(연극인) 조영각(영화인) 조옥형(배우) 조용선(영화감독) 조재명(배우)

조재무(사진가) 조재현(서울민예총 정책위원장) 조정(시인) 조정근(배우) 조정준(영화프로듀서) 조진섭(사진가) 조창호(영화감독) 조혜영(연출) 조혜진(배우) 조혜진(배우) 조흥국(풍물인) 주용성(사진가) 주재환(미술인) 지민주(가수) 지영관(기획) 진모영(영화인) 진은영(시인) 차도열(풍물마당 터주 대표) 차준호(희망새 배우, 가수) 차한비(영화인) 채광명(음악인) 천진우(영화감독) 최귀화(영화배우) 최두석(평론가) 최민아(배우) 최병수(미술인) 최병인(영화감독) 최보미(서울연극협회) 최석태(미술인) 최승집(배우) 최승집(춤꾼) 최승호(영화감독) 최아람(영화인) 최용배(영화제작자) 최우영(사진가) 최원식(평론가) 최은화(영화프로듀서) 최장락(시인) 최재원(영화제작자) 최정단(영화인) 최정화(영화프로듀서) 최준영(문화연대 사무처장) 최지운(배우) 최항영(사진가) 최혁규(문화연대) 최현미(한국민예총선임이사) 최현용(한국영화산업전략센터 소장) 최현정(문화기획자, 일상예술창작센터) 최호철(미술인) 최희진(배우) 추동엽(울산민예총사무처장) 탁기형(사진가) 하대용(배우) 하아무(소설가) 하애정(풍물인) 하원준(영화감독) 하장호(예술인소셜유니온사무처장) 하재성(배우) 하종오(시인) 하지숙(한국민예총서울지회사무처장) 하창범(예술마당 살판 대표) 한결(영화프로듀서) 한겸(배우) 한금선(사진가) 한덕균(배우) 한상훈(한국민예총대구지회사무처장) 한영애(배우) 한재림(영화감독) 함순례(시인) 허란(사진가) 허부영(배우) 허진호(영화감독) 홍서정(작가) 홍성민(서울민예총부회장) 홍유진(영화프로그래밍) 홍윤하(사진가) 홍윤희(배우) 홍진훤(사진가) 홍형숙(영화인) 홍휘은(디자이너) 황경선(국악) 황규관(시인) 황금미영(작가) 황란(설치미술가) 황석희(영화번역가) 황선덕(안무가) 황세원(배우) 황여명(사진가) 황인자(배우) 황재학(시인) 황주경(시인) 황지영(배우) 황지원(좋은공연제작소 대표) 황현산(평론가) 황효창(강원민예총이사장) 흐른(뮤지션유니온 운영위원)

[2014년 6월 2일, 문학인 세월호 시국선언 754명 명단]

754명의 문학인들은 선언에서 ▲ 세월호 참사의 진실을 유가족과 사회 구성원의 힘으로 밝히는 데 협조할 것. ▲생명을 죽이는 모든 정책과 제도를 해체할 것. ▲공공재와 공유지를 정부가 나서서 보호할 것. ▲정치권력과 관료사회에 누적된 부정과 부패와 거짓을 낱낱이 단죄할 것. ▲거리와 광장에서 경찰을 모두 철수시킬 것 등을 요구함.

강 민, 강상기, 강은교, 강정연, 강제윤, 강지혜, 강태식, 강형철, 강회진, 강희철, 고광률, 고광식, 고광헌, 고규태, 고명자, 고명철, 고성만, 고 영, 고영민, 고영서, 고영직, 고은규, 고인숙, 고인환, 고재종, 고정국, 고찬규, 고희림, 공광규, 공지영, 곽재구, 구중서, 권민경, 권서각, 권선희, 권성우, 권오영, 권오현, 권위상, 권혁소, 권혁웅, 권혁재, 권현형, 권화빈, 금은돌, 길상호, 김경복, 김경옥, 김경윤, 김경윤, 김경인, 김경일, 김경주, 김경해, 김경후, 김경희, 김광원, 김광철, 김규성, 김 근, 김기선, 김기택, 김기홍, 김나원, 김남극, 김남일, 김대현, 김도언, 김도연, 김동승, 김동환, 김두안, 김 림, 김 명, 김명기, 김명남, 김명선, 김명은, 김명인(평론), 김명지, 김명철, 김명환(시), 김미령, 김미승, 김미애, 김민숙, 김민정, 김민정, 김민휴, 김별아, 김병윤, 김병익, 김병택, 김복순, 김사이, 김사인, 김상욱, 김상혁, 김석주, 김석중, 김석춘, 김석현, 김선우, 김선주, 김선태, 김선향, 김성규, 김성장, 김성중, 김성진, 김성호, 김소연, 김수려, 김수목, 김수우, 김순영, 김승환, 김승희, 김 안, 김연수, 김연숙, 김 영, 김영범, 김영호, 김영희, 김 오, 김옥전, 김요일, 김용길, 김용락, 김용만, 김용태, 김 윤, 김윤곤, 김윤영, 김윤호, 김윤환, 김율도, 김은경, 김은령, 김응교, 김의현, 김이강, 김이구, 김이정, 김이하, 김인순, 김인호, 김일연, 김일영, 김자흔, 김재균, 김재석, 김재호, 김재훈, 김점용, 김정란, 김정애, 김정운, 김정환, 김정희, 김종경, 김종광, 김종성, 김종숙, 김종철(평론), 김종필, 김주대, 김주희, 김준영, 김준태, 김중일, 김중태, 김 진, 김진수, 김진완, 김진희, 김찬정, 김창규, 김창균, 김태수, 김태형, 김필남, 김하경, 김학중, 김해림, 김해원, 김해자, 김해화, 김행숙, 김헌일, 김현영, 김현주, 김형수, 김형식, 김형중, 김형효, 김혜민, 김혜순(김젬마), 김혜정(소설), 김혜정, 김홍신, 김홍주, 김화숙, 김효사, 나병춘, 나여경, 나정이, 나종영, 나해철, 나희덕, 남기택, 남상순, 남효선, 노순자, 노지영, 도종환, 도정일, 라윤영, 류명선, 류보선, 류수연, 류외향, 류은, 류재복, 류정환, 마 린, 맹문재, 문계봉, 문대남, 문동만, 문상용, 문숙자, 문순태, 문창갑, 문창길, 문철수, 민 영, 박경원, 박경장, 박관서, 박규견, 박금리, 박남원, 박남준, 박남희, 박대순, 박 도, 박두규, 박몽구, 박문구, 박민규, 박민정, 박범신, 박상건, 박상률, 박서영, 박석준, 박선욱, 박설희, 박성우, 박성한, 박소란, 박소연, 박소영, 박수연, 박순원, 박순호, 박승민, 박승자, 박시교, 박시우, 박신규, 박 영, 박영희, 박예분, 박완섭, 박우담, 박원희, 박윤규, 박이정, 박인혜, 박일환, 박재웅, 박정애, 박정윤, 박종관, 박종국, 박종화, 박종희, 박 준, 박찬세, 박 철, 박철영, 박현숙, 박현우, 박현욱, 박형권, 박형준, 박혜강, 박혜선, 박혜숙, 박혜영, 박호민, 박호재, 박홍순, 박홍식, 방현석, 방현희, 배교윤, 배길남, 배명희, 배봉기, 배수연, 배영옥, 배이유, 배재경, 백가흠, 백낙청, 백상웅, 백정희, 복도훈, 부희령, 서규정, 서동인, 서성란, 서수찬, 서안나, 서영식, 서영인, 서영채, 서유미, 서정아, 서정오, 서정원, 서정화, 서홍관, 서효인, 석여공, 선우영자, 설정환, 성향숙, 소종민, 손 미, 손병걸, 손상열, 손세실리아, 손승휘, 손종업, 손지태, 손택수, 손홍규, 송경동, 송광룡, 송기역, 송명호, 송승환, 송 언, 송유미, 송은숙, 송은일, 송주성, 송 진, 송찬호, 송태웅, 송호필, 신경림, 신남영, 신덕룡, 신동옥, 신동원, 신용목, 신수현, 신 진, 신철규, 신해욱, 신현림, 신현수, 신혜진, 심보선, 심영의, 심은경, 안덕훈, 안도현, 안명옥, 안미옥, 안상학, 안영희, 안오일, 안이희옥, 안주철, 안지숙, 안찬수, 안학수, 안희정, 양경언, 양 곡, 양문규, 양 원, 양일동, 양지안, 양진오, 양혜원, 엄경희, 여성민, 염무웅, 염창권, 오다정, 오미경, 오미옥, 오민석, 오선영, 오수연, 오시은, 오연경, 오인태, 오주리, 오창은, 오철수, 오춘옥, 오태호, 오하룡, 용환신, 우찬제, 원명희, 원무현, 원종국, 원종찬, 유동림, 유병록, 유 순, 유순예, 유시연, 유시춘, 유영진, 유용주, 유은실, 유 종, 유종순, 유채림, 유현아, 유희석, 윤동수, 윤석위, 윤석정, 윤석주, 윤석준, 윤숙희, 윤아린, 윤여설, 윤영전, 윤원일, 윤이주, 윤재걸, 윤정모, 윤중목, 윤지강, 윤지관, 윤천수, 윤혜숙, 은승완, 은희경, 이가을, 이강산, 이경수, 이경자, 이경재, 이경희, 이광호, 이규정, 이근배, 이기인, 이나영, 이덕규, 이도영, 이도윤, 이동재, 이만교, 이명원, 이명한, 이묘신, 이미애, 이미욱, 이민숙, 이민호, 이범근, 이병률, 이병순, 이병초, 이봉환, 이산하, 이상국, 이상권, 이상락, 이상실, 이상훈, 이 선, 이선영, 이선우, 이설야, 이성목, 이성준, 이성혁, 이세기, 이세방, 이소리, 이소암, 이소영, 이수진, 이수풀, 이수행, 이숙현, 이승철, 이승희, 이시백, 이시영, 이신조, 이 안, 이언빈, 이영미, 이영주, 이영희, 이용석, 이용임, 이 원, 이원규, 이원화, 이위발, 이윤하, 이은규, 이은봉, 이은선, 이은주, 이인범, 이 잠, 이재무, 이재연, 이재웅, 이재윤, 이 적, 이정민, 이정섭, 이정숙, 이정임, 이정현, 이정화, 이정훈, 이종수, 이종욱, 이종원, 이종형, 이주형, 이중기, 이지담, 이지호, 이 진, 이진명,

이진욱, 이진희, 이창숙, 이철경, 이철송, 이태형, 이하석, 이한길, 이한주, 이향안, 이현수, 이현옥, 이혜미, 이화경, 이효복, 이후경, 이흔복, 이희중, 이희환, 임경섭, 임규찬, 임동확, 임명진, 임 봄, 임성규, 임성용, 임수랑, 임수생, 임수현, 임영봉, 임영희, 임원혁, 임재정, 임홍배, 임회숙, 임희구, 장대송, 장무령, 장석남, 장성규, 장세현, 장시우, 장용철, 장정희, 장주섭, 장주식, 전다형, 전대환, 전삼혜, 전성욱, 전영관, 전용호, 전정구, 정공량, 정광모, 정규철, 정기복, 정남영, 정대호, 정란희, 정 민, 정병근, 정선호, 정세훈, 정수자, 정승희, 정안나, 정양주, 정연홍, 정용국, 정우련, 정우영, 정원도, 정익진, 정종목, 정종연, 정지아, 정진혁, 정 찬, 정현기, 정혜경, 정홍수, 정화진, 정훈교, 정희일, 조기수, 조대현, 조문경, 조성국, 조성면, 조성웅, 조연호, 조영욱, 조용미, 조용환, 조재도, 조재룡, 조정애, 조정인, 조정환, 조진태, 조태진, 조해일, 조해진, 조향미, 조혁신, 조현옥, 조화자, 주중식, 지요하, 지창영, 진 란, 진보경, 진연주, 진은영, 차노휘, 차옥혜, 차창룡, 채상근, 채상우, 채진홍, 채희윤, 천수호, 천양희, 최강민, 최기종, 최명진, 최성수, 최세운, 최영욱, 최영철, 최영희, 최용탁, 최은미, 최인석, 최일남, 최정란, 최정화, 최종천, 최지인, 최창근, 최현우, 최현주, 최형심, 최형태, 최호빈, 최호일, 태기수, 편혜영, 표광소, 표성배, 하성란, 하승모, 하승무, 하승우, 한도훈, 한상순, 한상준, 한용재, 한인준, 한차현, 한창훈, 함돈균, 함민복, 함성호, 함순례, 허은실, 허종열, 허형만, 현기영, 호인수, 홍관희, 홍광석, 홍기돈, 홍명진, 홍양순, 홍용희, 홍일선, 홍일표, 황구하, 황국명, 황규관, 황병목, 황석영, 황선열, 황시운, 황은덕, 황인산, 황인숙, 황인찬, 황지운, 황재학, 황정산, 황학주, 황현산, 휘 민, 희 정

[2012년 12월 문재인 후보 지지선언 문화예술인 4,110명]

간영훈(영화), 갈준수(전통예술), 강경근(전통예술), 강경근(영화), 강경희(문학), 강교석(방송), 강국현(영화), 강권자(전통예술), 강규헌(영화), 강금안(영화), 강기경(전통예술), 강기욱(미술), 강기희문학 강남이(전통예술), 강대규(영화), 강대훈(영화), 강동건(영화), 강동욱(전통예술), 강동호(영화), 강동훈(영화), 강만규(영화), 강명구(영화), 강명찬(영화), 강문봉(영화), 강민경(영화), 강민규(음악), 강민선(영화), 강민수(영화), 강민정(전통예술), 강병조(영화), 강병철(문학), 강복순(전통예술), 강상기(문학), 강상민(영화), 강상훈(영화), 강석인(영화), 강석필(영화), 강선희(영화), 강성률(영화), 강성봉(미술), 강성환(방송), 강세인(영화), 강숙(영화), 강순자(전통예술), 강승원(영화), 강승효(영화), 강신국(전통예술), 강신숙(전통예술), 강신향(전통예술), 강양교(영화), 강연곤(영화), 강연준(영화), 강영환(문학), 강예복(방송), 강옥남(방송), 강요배(미술), 강용면(미술), 강욱(영화), 강원(영화), 강유선(영화), 강윤수(영화), 강윤순(영화), 강인석(음악), 강재훈(영화), 강전충(미술), 강정석(영화), 강정애(전통예술), 강정훈(영화), 강종민(영화), 강주석(영화), 강주완(미술), 강주희(방송), 강진(문학), 강진(영화), 강진(영화), 강진아(영화), 강진원(영화), 강철우(영화), 강태규(문학), 강태규(영화), 강태석(영화), 강태원(영화), 강한별(영화), 강해진(영화), 강현정(영화), 강혜경(전통예술), 강호규(영화), 강홍희(전통예술), 강희순(전통예술), 강희정(방송), 강희철(문학), 경민선(영화), 경진수(전통예술), 고경덕(영화), 고경은(영화), 고경태(영화), 고기영(영화), 고길주(영화), 고대환(영화), 고동환(영화), 고명자(문학), 고명주(방송), 고미라(문화일반), 고병철(영화), 고봉성(영화), 고봉진(영화), 고상훈(영화), 고선주(문학), 고순희(문학), 고시원(영화), 고아라(전통예술), 고아모

(영화), 고연정(영화), 고영광(영화), 고영서(문학), 고영진(영화), 고유순(전통예술), 고은성(영화), 고이경(영화), 고재운(방송), 고정욱(영화), 고정호(영화), 고종선(전통예술), 고진하(문학), 고창근(문학), 고춘숙(미술), 고현정(영화), 고현주(사진), 고희경(문화일반), 공병철(영화), 공병호(전통예술), 공부성(영화), 공성길(음악), 공영두(방송), 공정식(전통예술), 공준식(영화), 공지영(문학), 곽경준(방송), 곽공길(방송), 곽금산(방송), 곽기남(영화), 곽미라(영화), 곽미순(출판), 곽병창(연극), 곽상훈(영화), 곽서연(영화), 곽성환(영화), 곽숙녀(전통예술), 곽숙녀(전통예술), 곽용수(영화), 곽일섭(영화), 곽정혜(미술), 곽중훈(영화), 곽현기(영화), 곽호진(방송), 곽희원(영화), 구두환(영화), 구본행(전통예술), 구수경(문화일반), 구자흥(영화), 구중서(문학), 구태진(영화), 구하린(영화), 구혁(영화), 국소남(음악), 국중웅(영화), 국청아(영화), 권건우(공연), 권기백(영화), 권기병(방송), 권기진(영화), 권기철(미술), 권기희(영화), 권나영(애니메이션), 권남진(영화), 권대희(영화), 권동진(문학), 권명국(영화), 권명환(영화), 권문상(전통예술), 권미경(공연), 권미영(무용), 권민구(영화), 권민철(영화), 권분순(전통예술), 권상제(전통예술), 권석중(영화), 권선영(영화), 권선영(영화), 권수진(문학), 권시연(전통예술), 권영수(방송), 권영숙(미술), 권영일(영화), 권영준(영화), 권영준(영화), 권오성(영화), 권오승(미술), 권오용(방송), 권오창(방송), 권오현(문학), 권용길(음악), 권용길(음악), 권용우(전통예술), 권용자(미술), 권인찬(방송), 권자현(방송), 권정득(영화), 권정원(영화), 권정일(문학), 권준령(영화), 권중현(방송), 권지선(영화), 권지은(영화), 권진모(영화), 권진협(영화), 권진희(문학), 권창범(영화), 권철범(영화), 권태균(영화), 권태석(방송), 권태연(문화일반), 권하얀(영화), 권하진(영화), 권해정(영화), 권형경(영화), 권현칠(미술), 권현형(문학), 권혜민(영화), 권혜영(영화), 권혜진(영화), 권화빈

(문학), 권희철(영화), 금병근(음악), 기노영(영화), 기미양(음악), 기세훈(영화), 기종철(방송), 기현수(음악), 기혜인(영화), 길종화(음악), 김갑선(전통예술), 김강덕(애니메이션), 김강수(전통예술), 김강수(영화), 김강철(전통예술), 김건식(영화), 김건희(미술), 김경(영화), 김경관(영화), 김경남(전통예술), 김경모(영화), 김경모(영화), 김경문(영화), 김경미(무용), 김경미(전통예술), 김경미(전통예술), 김경민(사진), 김경민(전통예술), 김경민(영화), 김경복(문학), 김경분(전통예술), 김경삼(영화), 김경석(영화), 김경수(영화), 김경숙(무용), 김경숙(음악), 김경숙(전통예술), 김경옥(영화), 김경원(연극), 김경주(문학), 김경진(영화), 김경호(음악), 김경호(전통예술), 김경호(영화), 김경화(미술), 김경화(전통예술), 김경환(전통예술), 김경환(전통예술), 김경희(문화일반), 김경희(방송), 김경희(전통예술), 김계중(영화), 김광민(영화), 김광민(영화), 김광선(문학), 김광수(사진), 김광수(영화), 김광식(영화), 김광일(영화), 김광자(전통예술), 김광진(영화), 김광철(방송), 김광태(영화), 김광회(애니메이션), 김귀옥(전통예술), 김귀옥(전통예술), 김귀자(문학), 김규나(문학), 김규오(영화), 김규옥(영화), 김규형(문화일반), 김규희(전통예술), 김근수(방송), 김근수(영화), 김근원(음악), 김근태(미술), 김기동(영화), 김기락(방송), 김기문(영화), 김기반(미술), 김기봉(문화일반), 김기수(영화), 김기연(영화), 김기영(연극), 김기옥(출판), 김기자(방송), 김기태(영화), 김기태(영화), 김기형(음악), 김기호(영화), 김기홍(문학), 김기훈(영화), 김길자(영화), 김길태(영화), 김나영(문학), 김나영(영화), 김나현(영화), 김낙현(음악), 김남균(영화), 김남수(미술), 김남숙(영화), 김남술(미술), 김남주(영화), 김남형(음악), 김남호(영화), 김남희(애니메이션), 김노영(영화), 김다래(음악), 김다롱(영화), 김다운(애니메이션), 김다정(영화), 김다혜(영화), 김다홍(영화), 김단희(방송), 김대규(영화), 김대규(영화), 김대림(영화), 김대범(영

화), 김대복(전통예술), 김대상(영화), 김대석(방송), 김대성(영화), 김대승(영화), 김대열(영화), 김대엽(방송), 김대영(영화), 김대욱(영화), 김대윤(전통예술), 김대인(영화), 김대일(음악), 김대중(전통예술), 김대진(영화), 김대호(영화), 김덕순(전통예술), 김덕진(미술), 김덕진(영화), 김도순(전통예술), 김도연(문학), 김도연(영화), 김도엽(영화), 김도일(연극), 김도현(영화), 김도형(전통예술), 김도형(영화), 김도훈(방송), 김동건(영화), 김동규(음악), 김동규(영화), 김동균(영화), 김동민(영화), 김동범(영화), 김동선(영화), 김동수(전통예술), 김동원(전통예술), 김동윤(전통예술), 김동인(영화), 김동주(영화), 김동주(영화), 김동주(영화), 김동진(미술), 김동진(영화), 김동혁(영화), 김동호(전통예술), 김동환(전통예술), 김동효(영화), 김동훈(영화), 김두구(전통예술), 김두성(미술), 김두헌(영화), 김륭(문학), 김리아(출판), 김만곤(영화), 김만동(전통예술), 김만수(미술), 김명(영화), 김명관(영화), 김명근(방송), 김명수(사진), 김명옥(미술), 김명윤(영화), 김명찬(영화), 김명하(영화), 김명호(문학), 김무경(음악), 김무성(방송), 김무열(무용), 김무진(영화), 김문수(전통예술), 김문영(영화), 김미경(문학), 김미경(전통예술), 김미라(문학), 김미선(전통예술), 김미선(영화), 김미숙(전통예술), 김미숙(전통예술), 김미영(음악), 김미영(영화), 김미원(음악), 김미월(문학), 김미자(전통예술), 김미자(전통예술), 김미정(문학), 김미향(연극), 김민(영화), 김민경(영화), 김민경(영화), 김민규(영화), 김민기(영화), 김민석(영화), 김민성(영화), 김민성(영화), 김민세(전통예술), 김민수(영화), 김민수(영화), 김민영(영화), 김민욱(영화), 김민재(영화), 김민정(문학), 김민정(방송), 김민정(영화), 김민정(영화), 김민중(영화), 김민지(방송), 김민지(영화), 김민철(방송), 김민형(영화), 김민호(영화), 김민홍(사진), 김민화(영화), 김바다(영화), 김바올라(문학), 김방죽(미술), 김배화(전통예술), 김범석(영화), 김범우(영화), 김범준(영화), 김병국(영화), 김병국(영화), 김병선(음악), 김병수(음악), 김병수(영화), 김병용(문학), 김병주(전통예술), 김병찬(음악), 김병철(영화), 김병철(영화), 김병한(영화), 김병호(문학), 김병호(문학), 김보경(영화), 김보경(영화), 김보승(영화), 김보현(영화), 김복심(전통예술), 김복희(영화), 김봉균(문학), 김봉술(전통예술), 김봉식(영화), 김봉연(영화), 김봉환(미술), 김부철(영화), 김분(영화), 김분희(전통예술), 김비채(영화), 김삼중(방송), 김상기(영화), 김상범(영화), 김상범(영화), 김상서(영화), 김상수(영화), 김상연(영화), 김상영(영화), 김상옥(미술), 김상우(영화), 김상우(영화), 김상윤(영화), 김상철(영화), 김상화(영화), 김서경(미술), 김서련(문학), 김서령(문학), 김서희(영화), 김석권(전통예술), 김석민(영화), 김석애(전통예술), 김석주(미술), 김선구(영화), 김선국(영화), 김선규(영화), 김선민(영화), 김선범(영화), 김선숙(영화), 김선웅(방송), 김선이(문화일반), 김선자(미술), 김선자(전통예술), 김선자(전통예술), 김선정(음악), 김선주(전통예술), 김선태(음악), 김선필(영화), 김선화(영화), 김선희(영화), 김설희(문학), 김성권(영화), 김성근(영화), 김성기(영화), 김성년(영화), 김성림(문화일반), 김성민(미술), 김성민(영화), 김성민(영화), 김성범(영화), 김성수(영화), 김성숙(미술), 김성숙(전통예술), 김성식(영화), 김성아(전통예술), 김성연(미술), 김성열(방송), 김성원(무용), 김성은(전통예술), 김성익(건축), 김성진(영화), 김성진(영화), 김성철(영화), 김성한(영화), 김성현(전통예술), 김성현(영화), 김성호(문학), 김성호(영화), 김성호(영화), 김성훈(영화), 김성훈(영화), 김성훈(영화), 김성희(연극), 김세연(문학), 김세윤(영화), 김세정(영화), 김소나(영화), 김소리(영화), 김소연(연극), 김호연(영화), 김소영(전통예술), 김소인(문학), 김손분(전통예술), 김솔(영화), 김송이(영화), 김수경(영화), 김수림(영화), 김수빈(영화), 김수아(영화), 김수아(영화), 김수연(무용), 김수완(영화), 김수용(무용), 김수우(문학), 김수웅(영화), 김수진(방송), 김수진(영화), 김수진(영화), 김수현(영화), 김수화(문학), 김수희(전통예술), 김숙자(미술), 김숙자(전통예술), 김숙정(영화), 김숙향(전통예술), 김숙현(문학), 김순(영화), 김순기(전통예술), 김순덕(전통예술), 김순득(미술), 김순모(영화), 김순용(영화), 김순자(미술), 김순자(전통예술), 김순천(문화일반), 김승권(영화), 김승민(영화), 김승준(영화), 김승태(방송), 김승해(문학), 김승현(영화), 김시무(영화), 김시숙(미술), 김시안(문학), 김시현(문학), 김신(만화), 김신성(영화), 김신효(문화일반), 김아영(애니메이션), 김애란(문화일반), 김애란(영화), 김애리(전통예술), 김양규(영화), 김양자(미술), 김언중(전통예술), 김연(음악), 김연갑(음악), 김연봉(미술), 김연수(영화), 김연용(전통예술), 김연우(전통예술), 김연주(영화), 김연주(영화), 김연황(영화), 김열(문학), 김영국(영화), 김영균(영화), 김영기(방송), 김영동(영화), 김영리(전통예술), 김영미(문화일반), 김영미(전통예술), 김영미(영화), 김영민(미술), 김영민(영화), 김영배(미술), 김영범(출판), 김영범(문학), 김영복(영화), 김영부(공연), 김영산(전통예술), 김영서(문학), 김영석(미술), 김영석(전통예술), 김영석(영화), 김영선(영화), 김영성(영화), 김영숙(전통예술), 김영숙(전통예술), 김영순(방송), 김영식(출판), 김영욱(전통예술), 김영웅(영화), 김영자(전통예술), 김영주(영화), 김영준(음악), 김영중(미술), 김영지(영화), 김영진(영화), 김영진(영화), 김영진(영화), 김영천(영화), 김영철(영화), 김영철(영화), 김영현(영화), 김영호(방송), 김영호(영화), 김영호(영화), 김영환(영화), 김영훈(애니메이션), 김영훈(영화), 김영희(전통예술), 김옥란(전통예술), 김옥숙(문학), 김옥영(방송), 김옥철(영화), 김옥희(연극), 김완곤(영화), 김완동(영화), 김완석(전통예술), 김외남(문학), 김요섭(영화), 김요아킴(문학), 김요한(영화), 김요환(영화), 김용락(문학), 김용락(문학), 김용목(무용), 김용상(영화), 김용선(영화), 김용성(영화),

김용성(영화), 김용수(영화), 김용수(영화), 김용수(영화), 김용순(전통예술), 김용완(영화), 김용운(영화), 김용진(영화), 김용태(미술), 김용한(방송), 김용한(영화), 김용훈(영화), 김우석(영화), 김우성(영화), 김우승(영화), 김우주(영화), 김우준(영화), 김우진(영화), 김우태(방송), 김욱(영화), 김운경(방송), 김운성(미술), 김운성(영화), 김운열(영화), 김원모(영화), 김원석(영화), 김원선(음악), 김원섭(영화), 김원조(전통예술), 김원중(방송), 김원중(음악), 김원직(영화), 김유경(영화), 김유미(영화), 김유미(영화), 김유신(영화), 김유진(영화), 김유진(영화), 김유진(영화), 김유화(영화), 김윤곤(영화), 김윤기(미술), 김윤례(방송), 김윤숙(전통예술), 김윤영(문학), 김윤영(영화), 김윤정(영화), 김윤지(영화), 김윤창(영화), 김윤태(영화), 김윤하(전통예술), 김윤향(전통예술), 김윤희(영화), 김윤희(영화), 김윤희(영화), 김은경(미술), 김은령(문학), 김은미(문화일반), 김은미(영화), 김은숙(연극), 김은영(영화), 김은정(영화), 김은주(영화), 김은지(방송), 김은혜(무용), 김은호(영화), 김은희(영화), 김의열(미술), 김의원(문학), 김이석(영화), 김이정(문학), 김이하(문학), 김인각(전통예술), 김인규(사진), 임인규(영화), 김인기(문학), 김인선(문화일반), 김인섭(영화), 김인수(전통예술), 김인순(전통예술), 김인지(문학), 김인태(영화), 김인호(출판), 김인호(문학), 김일동(영화), 김일석(영화), 김일수(음악), 김일안(영화), 김일지(문학), 김일태(영화), 김일형(영화), 김일호(전통예술), 김자연(문학), 김재광(영화), 김재규(전통예술), 김재근(영화), 김재민(문화일반), 김재민(영화), 김재영(전통예술), 김재영(미술), 김재영(영화), 김재영(영화), 김재윤(영화), 김재종(영화), 김재진(전통예술), 김재현(영화), 김재형(영화), 김재형(영화), 김재호(영화), 김재홍(문화일반), 김재홍(미술), 김재훈(영화), 김전진(영화), 김정길(영화), 김정동(영화), 김정란(음악), 김정미(전통예술), 김정미(전통예술), 김정미(영화), 김정민(영화),

김정배(문학), 김정석(음악), 김정섭(공연), 김정수(사진), 김정수(연극), 김정숙(영화), 김정순(전통예술), 김정순(전통예술), 김정아(영화), 김정영(영화), 김정옥(미술), 김정옥(전통예술), 김정우(영화), 김정욱(음악), 김정욱(영화), 김정원(영화), 김정태(만화), 김정태(영화), 김정태(영화), 김정태(영화), 김정태(영화), 김정헌(미술), 김정혁(영화), 김정현(방송), 김정현(영화), 김정현(영화), 김정호(영화), 김정회(전통예술), 김정훈(영화), 김정훈(영화), 김정희(문화일반), 김제영(문학), 김종광(문학), 김종국(영화), 김종기(전통예술), 김종기(영화), 김종기(영화), 김종도(미술), 김종련(연극), 김종만(연극), 김종민(영화), 김종범(영화), 김종석(전통예술), 김종석(전통예술), 김종성(연극), 김종숙(문학), 김종순(방송), 김종우(영화), 김종원(연극), 김종윤(영화), 김종윤(영화), 김종일(영화), 김종진(영화), 김종표(미술), 김종학(영화), 김종호(영화), 김종훈(방송), 김종훈(영화), 김종훈(영화), 김주경(영화), 김주리(영화), 김주민(영화), 김주양(영화), 김주영(영화), 김주영(전통예술), 김주완(영화), 김주원(연극), 김주일(영화), 김주한(영화), 김주현(영화), 김주현(영화), 김주현(영화), 김주호(영화), 김준겸(영화), 김준권(미술), 김준기(문학), 김준모(전통예술), 김준영(영화), 김준형(영화), 김중한(영화), 김중현(출판), 김지나(패션), 김지선(문학), 김지성(영화), 김지연(영화), 김지연(영화), 김지영(미술), 김지우(방송), 김지운(영화), 김지원(전통예술), 김지윤(영화), 김지은(애니메이션), 김지은(영화), 김지헌(영화), 김지현(무용), 김지현(문학), 김지혜(영화), 김지호(영화), 김지훈(영화), 김지훈(영화), 김지희(영화), 김직수(전통예술), 김진(음악), 김진경(문학), 김진경(영화), 김진기(영화), 김진남(영화), 김진래(영화), 김진렬(영화), 김진묵(영화), 김진문(방송), 김진석(문화일반), 김진성(출판), 김진성(영화), 김진성(영화), 김진수(방송), 김진수(문학), 김진숙(방송), 김진식(영화), 김진아(음악), 김진아(영화), 김

진아(영화), 김진영(문화일반), 김진영(영화), 김진완(문학), 김진철(영화), 김진하(영화), 김진한(영화), 김진형(음악), 김진희(미술), 김진희(영화), 김진희(영화), 김찬성(전통예술), 김찬중(미술), 김참(문학), 김창곤(연극), 김창미(영화), 김창수(문화일반), 김창수(영화), 김창이(전통예술), 김창호(문학), 김채운(문학), 김천수(영화), 김철겸(미술), 김철규(전통예술), 김철규(전통예술), 김철균(영화), 김철용(영화), 김철웅(영화), 김철웅(영화), 김철준(전통예술), 김치성(영화), 김치윤(영화), 김태경(사진), 김태경(전통예술), 김태균(음악), 김태기(영화), 김태만(문학), 김태민(전통예술), 김태성(음악), 김태수(영화), 김태엽(무용), 김태영(음악), 김태영(영화), 김태완(전통예술), 김태용(출판), 김태우(출판), 김태우(영화), 김태일(영화), 김태일(영화), 김태진(영화), 김태철(전통예술), 김태헌(출판), 김태형(만화), 김태형(문학), 김태형(영화), 김태호(영화), 김태환(영화), 김태훈(영화), 김태훈(영화), 김태훈(영화), 김태희(영화), 김택상(영화), 김택주(영화), 김판산(전통예술), 김판조(전통예술), 김평기(영화), 김평삼(연극), 김평수(문화일반), 김필규(영화), 김필남(문학), 김하나(영화), 김하늬(미술), 김학례(문학), 김학재(전통예술), 김학준(영화), 김한나(영화), 긴한별(무용), 김한성(영화), 김한예(미술), 김한철(방송), 김항열(영화), 김해경(문학), 김해곤(영화), 김행숙(전통예술), 김행운(전통예술), 김향교(전통예술), 김향자(영화), 김헌근(연극), 김헌철(영화), 김현(영화), 김현겸(방송), 김현경(영화), 김현경(영화), 김현규(전통예술), 김현규(영화), 김현근(영화), 김현란(전통예술), 김현성(방송), 김현성(영화), 김현숙(전통예술), 김현영(전통예술), 김현우(영화), 김현정(무용), 김현정(영화), 김현정(영화), 김현준(방송), 김현철(음악), 김현철(영화), 김현철(영화), 김현태(영화), 김현호(영화), 김현호(영화), 김현회(영화), 김현희(영화), 김형구(음악), 김형대(미술), 김형모(방송), 김형미(문학), 김형민(영화), 김형

민(영화), 김형배(만화), 김형석(음악), 김형석(영화), 김형용(영화), 김형주(영화), 김형주(영화), 김형준(영화), 김형준(영화), 김형준(영화), 김형준(영화), 김형철(영화), 김형현(영화), 김혜린(연극), 김혜선(미술), 김혜진(영화), 김호규(음악), 김호룡(영화), 김호석(영화), 김홍기(애니메이션), 김홍기(영화), 김홍목(영화), 김홍민(출판), 김홍민(영화), 김홍식(영화), 김홍은(영화), 김홍천(영화), 김화범(영화), 김화선(영화), 김화섭(영화), 김화수(영화), 김화숙(문학), 김화영(영화), 김화자(전통예술), 김화정(영화), 김화준(영화), 김환(문학), 김환복(미술), 김회식(영화), 김효균(영화), 김효석(애니메이션), 김효신(방송), 김효정(영화), 김효진(영화), 김훈(영화), 김훈(영화), 김훈곤(미술), 김희목(영화), 김희상(미술), 김희선(전통예술), 김희수(문학), 김희수(영화), 김희재(영화), 김희정(문학), 김희정(영화), 김희진(방송), 김희진(영화), 김희태(영화), 김희태(영화), 나두열(영화), 나무(음악), 나소옥(영화), 나애숙(전통예술), 나영필(영화), 나용국(영화), 나일선(영화), 나정호(영화), 나종영(문학), 나종희(미술), 나준영(영화), 나진국(영화), 나혜영(영화), 나홍균(출판), 남경민(영화), 남경우(영화), 남기협(영화), 남기호(영화), 남대한(영화), 남도희(영화), 남명희(미술), 남상진(문학), 남상철(방송), 남성식(영화), 남순랑(방송), 남승미(출판), 남승석(영화), 남시욱(영화), 남연우(영화), 남영우(영화), 남우미(영화), 남은영(영화), 남정욱(영화), 남진우(영화), 남현수(영화), 남현아(영화), 남현우(영화), 남희섭(영화), 노경란(문화일반), 노계순(전통예술), 노광래(미술), 노무환(영화), 노성숙(전통예술), 노성언(영화), 노수환(영화), 노슬기(영화), 노승수(영화), 노승욱(영화), 노영아(영화), 노원희(미술), 노원희(미술), 노윤아(영화), 노일환(영화), 노재석(미술), 노정희(문학), 노준철(영화), 노준호(영화), 노지영(문학), 노태런(전통예술), 노학수(영화), 노해인(영화), 노현수(문학), 노현숙(미술), 노혜영(영화), 노효봉(전통예술), 단운철(영화), 도동준(영화), 도승철(출판), 도정일(문학), 도종환(문학), 돈재철(방송), 동길산(문학), 득산스님(미술), 라장흠(전통예술), 라현(영화), 라희찬(영화), 류근영(영화), 류기봉(문학), 류명선(문학), 류선규(영화), 류선아(전통예술), 류소담(영화), 류시율(전통예술), 류영수(전통예술), 류영항(방송), 류영훈(영화), 류옥순(문학), 류인서(문학), 류정환(문학), 류종진(영화), 류준화(미술), 류쥬형(영화), 류지희(미술), 류진경(영화), 류충렬(미술), 류충렬(방송), 류현주(전통예술), 류형진(영화), 류희백(영화), 마연근(영화), 마호순(전통예술), 명규일(영화), 명제(음악), 모성진(영화), 모종혁(영화), 문경남(영화), 문경환(영화), 문금정(영화), 문나영(미술), 문대남(문학), 문대현(음악), 문동옥(음악), 문명진(영화), 문미란(문화일반), 문미숙(문화일반), 문병용(영화), 문병학(문학), 문성경(영화), 문성권(영화), 문성근(미술), 문성욱(영화), 문성해(문학), 문수영(영화), 문신(문학), 문양희(방송), 문영수(영화), 문예원(방송), 문용군(영화), 문재홍(영화), 문정모(방송), 문정미(영화), 문정미(영화), 문정숙(방송), 문정우(영화), 문정후(만화), 문종오(문화일반), 문주리(영화), 문주연(영화), 문철배(음악), 문철배(영화), 문필규(영화), 문해청(문학), 문현성(영화), 문형욱(영화), 문호영(사진), 문홍기(전통예술), 문희정(영화), 민경권(영화), 민경민(영화), 민규홍(영화), 민들레(전통예술), 민병길(사진), 민병수(영화), 민병채(영화), 민보건(미술), 민성원(영화), 민슬아(애니메이션), 민연숙(전통예술), 민웅재(영화), 민정기(미술), 민지영(영화), 민철식(영화), 민현기(문화일반), 민현선(영화), 박가은(음악), 박건우(영화), 박건웅(만화), 박건호(영화), 박경민(영화), 박경수(방송), 박경숙(전통예술), 박경애(미술), 박경원(문학), 박경조(문학), 박경희(문학), 박경희(문학), 박관병(영화), 박관서(문학), 박관석(영화), 박광석(영화), 박광성(영화), 박광연(전통예술), 박권수(문학), 박권영(음악),

박규복(전통예술), 박균수(영화), 박근남(출판), 박근홍(영화), 박금화(전통예술), 박기성(방송), 박나미(영화), 박남준(문학), 박남준(문학), 박노경(영화), 박노출(영화), 박누리(영화), 박대건(영화), 박대경(영화), 박대한(방송), 박대호(영화), 박대희(영화), 박동석(전통예술), 박동식(전통예술), 박동욱(전통예술), 박동주(영화), 박동한(영화), 박동화(전통예술), 박란(영화), 박란주(영화), 박래옥(음악), 박령순(음악), 박만진(음악), 박명래(미술), 박명수(방송), 박명환(영화), 박미경(전통예술), 박미라(미술), 박미서(무용), 박미숙(전통예술), 박미정(방송), 박민경(영화), 박민상(영화), 박민수(방송), 박민수(영화), 박민희(공연), 박범규(영화), 박범수(영화), 박범진(영화), 박병선(전통예술), 박병은(영화), 박병익(영화), 박병창(음악), 박병호(음악), 박보건(전통예술), 박보근(영화), 박복순(영화), 박봉수(영화), 박부귀(영화), 박부식(영화), 박사현(영화), 박상규(영화), 박상덕(전통예술), 박상민(영화), 박상순(전통예술), 박상욱(영화), 박상철(영화), 박상현(영화), 박상훈(애니메이션), 박샛별(영화), 박서영(문학), 박서영(영화), 박서원(문화일반), 박석광(영화), 박선민(전통예술), 박선주(문학), 박선주(영화), 박선주(영화), 박선희(무용), 박설희(영화), 박성남(영화), 박성영(영화), 박성우(문학), 박성우(문학), 박성욱(영화), 박성일(영화), 박성진(영화), 박성진(영화), 박성진(영화), 박성택(영화), 박성필(영화), 박성하(전통예술), 박성호(전통예술), 박성호(전통예술), 박성훈(영화), 박성훈(영화), 박세문(영화), 박세승(영화), 박세준(영화), 박세진(영화), 박세희(영화), 박소담(미술), 박소연(영화), 박송열(영화), 박송이(영화), 박송이(영화), 박수남(전통예술), 박수서(문학), 박수영(영화), 박수정(전통예술), 박수정(영화), 박수형(영화), 박수화(영화), 박수훈(미술), 박순연(전통예술), 박숙이(전통예술), 박숙희(출판), 박순구(만화), 박순옥(전통예술), 박순호(문학), 박순호(문학), 박순홍(영화), 박승민(문학),

박승환(영화), 박시백(만화), 박시향(음악), 박시헌(무용), 박신자(방송), 박아연(문학), 박아형(영화), 박야일(미술), 박여진(방송), 박연주(영화), 박영(영화), 박영(영화), 박영균(미술), 박영균(미술), 박영미(방송), 박영미(문학), 박영민(음악), 박영민(영화), 박영봉(영화), 박영선(영화), 박영준(영화), 박영태(영화), 박영희(전통예술), 박영희(전통예술), 박예리(영화), 박예분(문학), 박예지(방송), 박옥임(전통예술), 박옥조(전통예술), 박용찬(음악), 박용태(영화), 박용하(문학), 박우식(미술), 박우식(영화), 박웅희(영화), 박원선(전통예술), 박원준(영화), 박원희(문학), 박위성(전통예술), 박유선(영화), 박윤규(문학), 박윤남(영화), 박윤수(전통예술), 박윤형(영화), 박은주(연극), 박은주(문학), 박은태(미술), 박응주(미술), 박이규(영화), 박인수(전통예술), 박인수(영화), 박인철(영화), 박일두(연극), 박일아(문학), 박일아(문학), 박자현(미술), 박장근(영화), 박장혁(영화), 박재만(영화), 박재성(영화), 박재숙(전통예술), 박재인(영화), 박재준(영화), 박재현(영화), 박재형(영화), 박재홍(영화), 박정곤(음악), 박정관(영화), 박정근(영화), 박정기(전통예술), 박정기(영화), 박정모(출판), 박정민(영화), 박정범(영화), 박정숙(전통예술), 박정애(문학), 박정애(영화), 박정우(영화), 박정은(미술), 박정준(영화), 박정호(영화), 박정화(전통예술), 박정환(영화), 박정훈(사진), 박정훈(영화), 박정훈(영화), 박제욱(영화), 박제현(영화), 박종경(전통예술), 박종관(연극), 박종근(영화), 박종락(영화), 박종석(전통예술), 박종수(방송), 박종수(영화), 박종순(문학), 박종연(전통예술), 박종열(영화), 박종영(영화), 박종원(영화), 박종원(영화), 박종일(영화), 박종한(영화), 박종호(전통예술), 박종환(전통예술), 박종희(문학), 박주석(영화), 박주영(영화), 박주영(영화), 박주형(영화), 박준(영화), 박준상(만화), 박준식(영화), 박준열(영화), 박준용(영화), 박준형(전통예술), 박준호(영화), 박중보(전통예술), 박지선(영화), 박지선(영화), 박지성

(영화), 박지연(영화), 박지영(영화), 박지영(영화), 박지은(영화), 박지현(영화), 박지혜(전통예술), 박지혜(영화), 박지희(영화), 박지희(영화), 박진(음악), 박진(영화), 박진수(방송), 박진우(영화), 박진태(영화), 박진화(미술), 박진희(미술), 박찬섭(만화), 박찬섭(음악), 박찬세(문학), 박찬윤(영화), 박찬주(미술), 박찬희(무용), 박찬희(영화), 박창구(전통예술), 박창근(문화일반), 박창기(문학), 박창덕(전통예술), 박창섭(미술), 박창식(전통예술), 박창원(영화), 박채익(영화), 박철영(문학), 박철진(영화), 박철환(미술), 박철훈(무용), 박철희(출판), 박청년(전통예술), 박청미(전통예술), 박청자(전통예술), 박초연(영화), 박춘석(문학), 박춘식(방송), 박타미(영화), 박태건(문학), 박태성(만화), 박태성(전통예술), 박태식(전통예술), 박필연(전통예술), 박해금(출판), 박해일(영화), 박향희(음악), 박혁수(영화), 박현규(영화), 박현선(방송), 박현수(영화), 박현수(영화), 박현욱(영화), 박현주(문학), 박형섭(영화), 박형윤(영화), 박형주(영화), 박형준(문학), 박형진(미술), 박형진(문학), 박혜경(전통예술), 박혜란(영화), 박혜림(영화), 박혜림(영화), 박혜진(영화), 박호신(영화), 박호율(영화), 박호진(영화), 박홍규(영화), 박홍수(영화), 박홍열(영화), 박홍준(영화), 박효진(영화), 박후기(문학), 박후기(문학), 박훈정(영화), 박휴종(영화), 박흥순(미술), 박흥식(미술), 박흥식(문학), 박흥주(출판), 박희선(문학), 박희영(영화), 반기리(방송), 반민순(연극), 반민환(영화), 반효주(영화), 방극진(전통예술), 방범석(영화), 방승인(애니메이션), 방승혁(영화), 방영식(전통예술), 방영혜(전통예술), 방윤태(음악), 방재환(영화), 방정아(미술), 방준식(영화), 방지애(영화), 방지환(전통예술), 방진희(영화), 방현용(영화), 배철(음악), 배경진(음악), 배길남(문학), 배나애(영화), 배노훈(영화), 배미정(미술), 배상철(영화), 배서진(영화), 배성근(영화), 배성식(미술), 배세웅(영화), 배소현(영화), 배수자(전통예술), 배수진(영화), 배수한(영화),

배수환(영화), 배순천(전통예술), 배시몬(영화), 배영선(전통예술), 배영수(영화), 배영한(영화), 배용제(문학), 배우리(음악), 배은미(전통예술), 배일혁(영화), 배장수(영화), 배재경(문학), 배재원(영화), 배정률(영화), 배정민(영화), 배정옥(전통예술), 배종현(영화), 배지숙(영화), 배창희(음악), 배초롱(무용), 배태종(영화), 배태학(전통예술), 배표원(전통예술), 배현진(영화), 백가흠(문학), 백건호(영화), 백경원(영화), 백경인(영화), 백광용(영화), 백권분(전통예술), 백금자(영화), 백대현(연극), 백두원(영화), 백마강(영화), 백성원(출판), 백성호(영화), 백수진(영화), 백순덕(전통예술), 백순득(전통예술), 백승일(영화), 백연이(전통예술), 백영묵(음악), 백완승(출판), 백운홍(영화), 백월선(전통예술), 백윤석(영화), 백윤식(영화), 백은경(문학), 백재영(영화), 백종현(전통예술), 백주옥(영화), 백지원(음악), 백지훈(방송), 백진동(영화), 백창우(음악), 백태길(방송), 백향기(미술), 백형숙(전통예술), 백형태(전통예술), 범현이(미술), 변동규(전통예술), 변명환(방송), 변병준(만화), 변봉선(영화), 변영민(영화), 변영호(전통예술), 변웅필(미술), 변원기(전통예술), 변인수(미술), 변인천(영화), 변재혁(영화), 변정욱(영화), 변종임(전통예술), 변준석(영화), 변호갑(전통예술), 변희호(전통예술), 봉명필(음악), 사공희(영화), 서가혜(영화), 서경호(영화), 서귀환(영화), 서규년(전통예술), 서규정(문학), 서금순(전통예술), 서기천(방송), 서덕구(무용), 서동실(영화), 서동호(전통예술), 서동훈(문학), 서명성(영화), 서명정(영화), 서무태(전통예술), 서문교(영화), 서미지(미술), 서민교(영화), 시민성(무용), 서범종(영화), 서상환(미술), 서상환(미술), 서서방(음악), 서서희(영화), 서선자(무용), 서성란(문학), 서성원(영화), 서수연(영화), 서수찬(문학), 서순임(전통예술), 서순희(문학), 서승권(영화), 서승종(영화), 서연수(문학), 서영식(문학), 서영식(전통예술), 서왕지(영화), 서용석(영화), 서유미(문학), 서은정(영화), 서인석(영화),

서재복(애니메이션), 서재순(방송), 서정덕(공연), 서정원(문학), 서정표(영화), 서제교(영화), 서종욱(영화), 서진연(문학), 서진호(영화), 서창경(전통예술), 서창환(영화), 서철원(문학), 서하나(영화), 서해림(영화), 서호영(영화), 서홍관(문학), 서화석(전통예술), 서효숙(영화), 석경순(영화), 석경인(방송), 석대형(영화), 석명선(전통예술), 석재호(영화), 석현(미술), 석형징(영화), 선경희(영화), 선제(음악), 설경애(미술), 설미미(영화), 설인재(영화), 설정배(영화), 설지원(영화), 성경자(방송), 성군경(문학), 성명숙(전통예술), 성보희(영화), 성영재(영화), 성의현(출판), 성재준(영화), 성정훈(영화), 성지경(무용), 성지은(영화), 성태경(영화), 성하은(영화), 성홍주(영화), 소병호(영화), 소보은(영화), 소은호(영화), 소일천(전통예술), 소향(음악), 손동오(영화), 손문(영화), 손민구(영화), 손민정(영화), 손병군(영화), 손병휘(음악), 손봉수(영화), 손삼웅(영화), 손상원(연극), 손상준(영화), 손선옥(영화), 손순옥(미술), 손신향(전통예술), 손양숙(전통예술), 손영규(영화), 손영성(무용), 손영익(미술), 손영주(전통예술), 손용수(음악), 손용훈(영화), 손은경(영화), 손은진(영화), 손장섭(미술), 손재서(연극), 손정구(영화), 손정기(영화), 손정분(전통예술), 손지혜나(영화), 손진아(영화), 손진옥(문학), 손혁(영화), 손혁재(문화일반), 송경민(영화), 손계숙(문학), 송광호(영화), 송기자(전통예술), 송기정(영화), 송기호(영화), 송길영(문화일반), 송대중(영화), 송동일(영화), 송래현(영화), 송명섭(영화), 송명재(미술), 송미경(미술), 송민주(영화), 송반달(문학), 송복쇄(음악), 송복임(전통예술), 송상현(영화), 송상호(영화), 송상훈(영화), 송석영(영화), 송석조(전통예술), 송성열(영화), 송순희(전통예술), 송승엽(영화), 송영리(영화), 송영찬(방송), 송예진(영화), 송용혁(영화), 송우동(전통예술), 송윤형(영화), 송은미(무용), 송인수(영화), 송재덕(영화), 송재영(영화), 송재호(영화), 송정훈(방송), 송준수(영화), 송준호

(영화), 송지은(영화), 송지혜(무용), 송진(문학), 송진세(미술), 송진아(영화), 송진욱(영화), 송찬호(문학), 송창용(영화), 송창훈(방송), 송철호(문화일반), 송춘자(전통예술), 송태웅(문학), 송해근(방송), 송혁재(영화), 송혁조(영화), 송현창(영화), 송현혜(영화), 송혜경(영화), 송혜영(미술), 송호연(영화), 송홍종(영화), 송희자(전통예술), 신경렬(출판), 신경림(문학), 신경순(만화), 신길순(전통예술), 신나영(영화), 신다영(영화), 신도영(영화), 신동각(방송), 신동기(방송), 신동수(영화), 신동엽(영화), 신동원(영화), 신동일(음악), 신동희(문학), 신민경(영화), 신민재(영화), 신범(전통예술), 신상숙(전통예술), 신상훈(음악), 신석민(미술), 신선명(문화일반), 신선미(전통예술), 신선의(영화), 신성민(공연), 신성선(영화), 신세연(영화), 신세용(영화), 신소남(전통예술), 신수빈(영화), 신숙경(영화), 신숙희(전통예술), 신승열(전통예술), 신홍호(영화), 신승훈(영화), 신식희(전통예술), 신연욱(만화), 신영복(전통예술), 신영은(방송), 신영일(영화), 신영주(음악), 신영택(전통예술), 신옥남(전통예술), 신왕선(건축), 신용남(영화), 신용목(문학), 신용선(공연), 신용식(전통예술), 신용태(영화), 신원희(문학), 신유진(영화), 신윤섭(방송), 신윤희(영화), 신은영(영화), 신은주(영화), 신은진(영화), 신응재(음악), 신이수(영화), 신인정(영화), 신일식(문화일반), 신장식(전통예술), 신재희(영화), 신정민(문학), 신정철(영화), 신정훈(영화), 신종훈(영화), 신지연(영화), 신지영(영화), 신지용(영화), 신지해(음악), 신지현(영화), 신찬비(영화), 신창남(전통예술), 신철(미술), 신철욱(영화), 신태섭(영화), 신태호(영화), 신태호(영화), 신현옥(전통예술), 신현주(전통예술), 신현철(영화), 신형식(문학), 신혜원(영화), 신희교(문학), 심규홍(영화), 심동명(방송), 심문보(영화), 심민호(영화), 심상민(음악), 심상훈(영화), 심수환(미술), 심온(영화), 심은숙(영화), 심재원(영화), 심재협(음악), 심점환(미술), 심정수(미술), 심현보(음악), 심

혜림(영화), 안교찬(영화), 안국진(영화), 안기웅(영화), 안덕근(음악), 안도경(전통예술), 안도현(문학), 안몽식(영화), 안병우(영화), 안병택(영화), 안병호(영화), 안상민(애니메이션), 안상승(영화), 안상학(문학), 안선애(전통예술), 안선영(영화), 안성덕(문학), 안성수(영화), 안성애(영화), 안성열(영화), 안성재(애니메이션), 안성환(영화), 안소이(영화), 안승권(영화), 안승주(영화), 안승호(영화), 안연옥(문학), 안영기(영화), 안영찬(미술), 안용대(건축), 안용대(미술), 안용섭(영화), 안유미(영화), 안유정(영화), 안재성(문학), 안재호(영화), 안재홍(방송), 안정민(영화), 안정원(영화), 안정훈(전통예술), 안종원(방송), 안중범(영화), 안지혜(영화), 안지혜(영화), 안지환(영화), 안진정(영화), 안창윤(영화), 안태구(영화), 안태인(미술), 안태인(영화), 안태준(영화), 안태훈(영화), 안태희(미술), 안학수(문학), 안현아(영화), 안희곤(출판), 안희성(영화), 양경복(영화), 양균상(영화), 양금열(전통예술), 양남기(미술), 양동욱(영화), 양동훈(출판), 양문창(무용), 양상용(미술), 양석열(방송), 양선예(미술), 양성주(음악), 양성준(영화), 양수희(영화), 양승용(영화), 양승욱(방송), 양애리(영화), 양언보(전통예술), 양여운(영화), 양윤식(영화), 양윤실(영화), 양일동(전통예술), 양재석(미술), 양재철(영화), 양재훈(영화), 양정은(영화), 양종곤(영화), 양준모(영화), 양지혜(영화), 양진화(방송), 양찬석(영화), 양창주(영화), 양환정(영화), 양희선(영화), 엄대용(영화), 엄소연(영화), 엄원섭(영화), 엄유나(영화), 엄의숙(미술), 엄정원(전통예술), 엄진화(영화), 엄태석(문학), 엄태식(영화), 엄태용(영화), 엄태헌(영화), 엄태화(영화), 엄현숙(영화), 엄홍렬(영화), 엄홍용(영화), 여광수(영화), 여미정(영화), 여병동(전통예술), 여상훈(전통예술), 여성구(영화), 여승욱(영화), 여운(미술), 여운철(영화), 여태천(문학), 염무웅(문학), 염민기(전통예술), 염승철(영화), 염은하(영화), 염정아(전통예술), 예정훈(미술), 예정훈(미술), 오갑숙(전통예술), 오경수(영화), 오규식(전통예술), 오규찬(문학), 오규철(음악), 오남경(영화), 오다윤(연극), 오대양(영화), 오동진(영화), 오득룡(방송), 오미라(문화일반), 오미옥(문학), 오미자(문화일반), 오민호(영화), 오병우(방송), 오병호(영화), 오복연(영화), 오상호(영화), 오석필(영화), 오선옥(전통예술), 오성복(방송), 오성자(전통예술), 오세경(영화), 오세일(방송), 오순분(미술), 오순점(전통예술), 오승희(영화), 오여나(영화), 오영림(영화), 오영묵(음악), 오영진(영화), 오영환(영화), 오옥란(전통예술), 오유성(영화), 오은진(영화), 오재영(영화), 오재호(영화), 오정균(미술), 오정수(전통예술), 오정순(전통예술), 오정애(전통예술), 오정요(방송), 오정우(영화), 오정택(영화), 오정환(문학), 오종현(영화), 오주연(영화), 오주환(음악), 오주연(영화), 오주환(음악), 오지수(영화), 오창렬(영화), 오춘옥(문학), 오태경(음악), 오태봉(영화), 오태승(영화), 오태혁(영화), 오하림(영화), 오현미(방송), 오현수(영화), 오현숙(영화), 오현옥(방송), 오현후(영화), 호형진(영화), 오혜련(미술), 오호숙(미술), 오홍록(방송), 오희선(문학), 옥금숙(전통예술), 옥성준(영화), 왕호상(영화), 왕희정(미술), 우경희(영화), 우무석(문학), 우상형(영화), 우새하(영화), 우석제(영화), 우성하(방송), 우영란(미술), 우영숙(전통예술), 우영하(영화), 우인범(영화), 우종기(영화), 우현정(음악), 우혜진(영화), 우효재(영화), 웁쓰양(미술), 원마에(음악), 원명해(전통예술), 원무현(문학), 원민우(영화), 원영준(영화), 원옥임(방송), 원재(영화), 원정현(음악), 원종백(영화), 원종호(영화), 원태산(영화), 위영희(방송), 위종만(미술), 위지웅(영화), 유강희(문학), 유경미(영화), 유경수(영화), 유경애(영화), 유광모(영화), 유근희(영화), 유기정(영화), 유길종(전통예술), 유다혜(영화), 유대현(영화), 유동식(영화), 유동열(영화), 유명환(영화), 유미정(영화), 유미향(영화), 유병열(방송), 유상태(영화), 유석문(영화), 유선희(음악), 유성균(영화), 유성일

(전통예술), 유성진(영화), 유수경(문학), 유수경(영화), 우수영(전통예술), 유순상(방송), 유승만(영화), 유승영(영화), 유승진(영화), 유시춘(문학), 유아라(영화), 유연(영화), 유연수(영화), 유연식(출판), 유영민(영화), 유영석(영화), 유예은(영화), 유옥자(미술), 유용석(영화), 유용주(문학), 유용준(방송), 유용호(영화), 유은정(영화), 유인상(영화), 유인숙(문화일반), 유재건(출판), 유재국(전통예술), 유재규(영화), 유재명(애니메이션), 유재엽(전통예술), 유재영(만화), 유재일(미술), 유재중(미술), 유재천(영화), 유재혁(영화), 유재현(음악), 유재훈(영화), 유정순(전통예술), 유정주(애니메이션), 유정환(영화), 유종인(문학), 유종인(문학), 유종인(문학), 유주용(영화), 유준형(영화), 유지연(전통예술), 유창한(방송), 유청(영화), 유태종(영화), 유해옥(전통예술), 유혁준(영화), 유혁준(영화), 유현아(영화), 유혜경(영화), 유혜민(영화), 육근상(문학), 육정희(전통예술), 육종성(음악), 윤경현(영화), 윤광수(영화), 윤기호(영화), 윤길순(전통예술), 윤남주(영화), 윤단비(영화), 윤대녕(문학), 윤대용(영화), 윤대우(영화), 윤덕상(영화), 윤도연(영화), 윤동수(문학), 윤미라(영화), 윤미숙(문학), 윤미연(전통예술), 윤민경(영화), 윤민정(영화), 윤병선(영화), 윤보현(영화), 윤상길(영화), 윤상수(문학), 윤상순(전통예술), 윤상진(음악), 윤샛별(영화), 윤서영(영화), 윤석위(문학), 윤석정(문학), 윤석정(문학), 윤석조(영화), 윤석회(전통예술), 윤선주(방송), 윤성원(영화), 윤성재(영화), 윤성철(미술), 윤성택(문학), 윤성혜(영화), 윤성호(영화), 윤세영(영화), 윤세용(영화), 윤소일(영화), 윤소희(음악), 윤수비(영화), 윤수웅(영화), 윤수진(영화), 윤순희(전통예술), 윤아름(영화), 윤애자(문학), 윤영수(방송), 윤영수(영화), 윤옥희(전통예술), 윤용국(미술), 윤인우(영화), 윤인천(영화), 윤재성(영화), 윤재흥(영화), 윤정(영화), 윤정원(영화), 윤정윤(영화), 윤정중(방송), 윤종한(영화), 윤종현(영화), 윤주식(영화), 윤주원(방송),

윤주형(영화), 윤주훈(영화), 윤지영(영화), 윤지원(영화), 윤지혜(영화), 윤창숙(전통예술), 윤창숙(영화), 윤창완(영화), 윤창용(전통예술), 윤철호(출판), 윤태련(영화), 윤태호(만화), 윤필남(미술), 윤현기(영화), 윤현아(방송), 윤현용(영화), 윤현호(영화), 윤형민(영화), 윤혜란(미술), 윤호진(영화), 윤화중(음악), 윤희규(영화), 윤희순(미술), 윤희연(문화일반), 은영철(영화), 은종금(전통예술), 음두훈(영화), 음자경(영화), 이강순(영화), 이강화(영화), 이건우(영화), 이견주(전통예술), 이경석(영화), 이경순(전통예술), 이경순(전통예술), 이경순(전통예술), 이경순(영화), 이경아(영화), 이경일(문화일반), 이경자(미술), 이경재(방송), 이경재(전통예술), 이경재(전통예술), 이경진(방송), 이계택(연극), 이계훈(영화), 이공주(영화), 이광섭(방송), 이광순(영화), 이광영(전통예술), 이광진(연극), 이광희(영화), 이구영(미술), 이국화(영화), 이권숙(전통예술), 이권일(영화), 이귀덕(영화), 이규(방송), 이규곤(영화), 이규봉(영화), 이규석(영화), 이규열(문학), 이규학(영화), 이균옥(문화일반), 이균옥(전통예술), 이근석(방송), 이근수(미술), 이근우(영화), 이근호(영화), 이금순(전통예술), 이기범(영화), 이기상(방송), 이기승(영화), 이기원(방송), 이기원(영화), 이기자(문학), 이기호(방송), 이기홍(미술), 이기환(영화), 이길상(문학), 이길상(전통예술), 이길성(음악), 이길훈(영화), 이남식(영화), 이다연(영화), 이대교(무용), 이대규(문학), 이대수(영화), 이대엽(영화), 이대희(영화), 이덕규(문학), 이덕상(영화), 이덕자(문학), 이덕재(영화), 이덕화(전통예술), 이돈식(전통예술), 이동기(영화), 이동문(미술), 이동민(영화), 이동수(영화), 이동순(문학), 이동우(전통예술), 이동원(미술), 이동원(영화), 이동윤(영화), 이동은(영화), 이동진(영화), 이동현(영화), 이동현(영화), 이두례(전통예술), 이득춘(전통예술), 이리라(출판), 이만(영화), 이말다(미술), 이말숙(전통예술), 이말순(전통예술), 이말주(전통예술), 이명복(미술),

이명숙(전통예술), 이명재(문학), 이명준(영화), 이명호(영화), 이명희(문학), 이모례(영화), 이무룡(영화), 이문주(음악), 이미경(문화일반), 이미경(전통예술), 이미경(전통예술), 이미사(영화), 이미숙(전통예술), 이미숙(전통예술), 이미영(영화), 이미옥(영화), 이미정(음악), 이미화(무용), 이민경(영화), 이민상(방송), 이민식(영화), 이민재(전통예술), 이민정(영화), 이민주(영화), 이민호(문학), 이민호(영화), 이민호(영화), 이병무(방송), 이병삼(영화), 이병성(영화), 이병세(영화), 이병수(문학), 이병옥(전통예술), 이병용(방송), 이병창(문학), 이병천(영화), 이병초(문학), 이병헌(문화일반), 이병훈(문화일반), 이보경(영화), 이보라(영화), 이보현(영화), 이보현(영화), 이보현(영화), 이복순(방송), 이봉선(영화), 이봉숙(전통예술), 이봉용(출판), 이봉조(영화), 이빈나(영화), 이사범(미술), 이산복(영화), 이삼순(전통예술), 이상관(연극), 이상국(방송), 이상국(문학), 이상권(미술), 이상길(영화), 이상만(음악), 이상무(미술), 이상문(영화), 이상미(전통예술), 이상미(영화), 이상민(영화), 이상번(문학), 이상봉(미술), 이상수(음악), 이상수(영화), 이상수(영화), 이상승(전통예술), 이상영(음악), 이상영(전통예술), 이상용(영화), 이상우(연극), 이상욱(영화), 이상은(영화), 이상이(전통예술), 이상일(사진), 이상진(영화), 이상철(영화), 이상헌(문화일반), 이상현(영화), 이상훈(영화), 이상희(영화), 이상희(영화), 이석민(영화), 이석제(영화), 이석행(영화), 이석훈(출판), 이선경(전통예술), 이선규(출판), 이선민(영화), 이선숙(전통예술), 이선영(음악), 이선옥(문학), 이설야(문학), 이성경(영화), 이성국(영화), 이성규(방송), 이성래(전통예술), 이성문(영화), 이성수(건축), 이성술(전통예술), 이성아(문학), 이성아(문학), 이성열(음악), 이성열(전통예술), 이성우(영화), 이성우(영화), 이성우(영화), 이성원(무용), 이성원(영화), 이성은(사진), 이성제(영화), 이성중(영화), 이성진(영화), 이성창(영화), 이성창(영화), 이성택

(영화), 이성현(출판), 이성환(영화), 이성희(문학), 이성희(영화), 이세완(문학), 이세현(미술), 이소미(영화), 이소영(영화), 이수미(전통예술), 이수연(전통예술), 이수일(영화), 이수정(영화), 이수준(전통예술), 이수진(영화), 이수진(영화), 이수진(영화), 이수철(사진), 이숙형(전통예술), 이순경(영화), 이순금(영화), 이순복(문화일반), 이순원(문학), 이순임(문학), 이순자(전통예술), 이순호(영화), 이순화(문학), 이스라(영화), 이슬기(영화), 이승규(영화), 이승규(영화), 이승란(방송), 이승민(영화), 이승민(영화), 이승불(영화), 이승빈(영화), 이승언(전통예술), 이승영(전통예술), 이승욥(영화), 이승우(영화), 이승원(영화), 이승의(영화), 이승제(영화), 이승준(영화), 이승철(음악), 이승택(영화), 이승현(영화), 이승혜(영화), 이승호(영화), 이승환(영화), 이승훈(무용), 이승훈(영화), 이시훈(영화), 이신애(영화), 이아름(영화), 이아영(영화), 이아타(문학), 이안규(영화), 이안숙(영화), 이안젤라(영화), 이억조(영화), 이연숙(전통예술), 이연실(무용), 이연호(영화), 이연화(영화), 이영광(문학), 이영미(전통예술), 이영숙(무용), 이영숙(전통예술), 이영옥(방송), 이영욱(영화), 이영은(전통예술), 이영이(전통예술), 이영진(영화), 이영현(전통예술), 이영훈(영화), 이예주(음악), 이예훈(문학), 이옥분(전통예술), 이옥수(전통예술), 이옥순(전통예술), 이용광(영화), 이용규(방송), 이용균(영화), 이용승(영화), 이용신(영화), 이용옥(영화), 이용우(영화), 이용주(영화), 이용철(영화), 이용철(영화), 이용훈(영화), 이용희(영화), 이우락(방송), 이우승(영화), 이웅규(영화), 이원(영화), 이원규(문학), 이원석(미술), 이원영(방송), 이원호(영화), 이원희(영화), 이원희(영화), 이원희(영화), 이유경(애니메이션), 이유라(전통예술), 이유리(영화), 이유리(영화), 이유만(영화), 이유미(영화), 이유선(영화), 이유영(영화), 이유진(영화), 이유진(영화), 이윤경(영화), 이윤경(영화), 이윤미(영화), 이윤선(영화), 이윤정(영화), 이윤정(영화), 이

윤주(미술), 이윤형(영화), 이윤환(영화), 이윤훈(문학), 이은경(만화), 이은경(영화), 이은경(영화), 이은미(전통예술), 이은석(영화), 이은송(문학), 이은숙(전통예술), 이은영(음악), 이은영(영화), 이은이(전통예술), 이은정(전통예술), 이은정(영화), 이은정(영화), 이은주(문학), 이은천(영화), 이은혁(방송), 이은혁(방송), 이은희(방송), 이은희(영화), 이응록(전통예술), 이의태(영화), 이인규(영화), 이인선(무용), 이인선(전통예술), 이인순(전통예술), 이인원(음악), 이인원(영화), 이인철(미술), 이인철(미술), 이인철(영화), 이일우(사진), 이임정(영화), 이임조(전통예술), 이자은(영화), 이장희(영화), 이재건(영화), 이재규(방송), 이재규(문학), 이재남(영화), 이재민(전통예술), 이재석(문학), 이재성(문학), 이재숙(미술), 이재완(영화), 이재우(문학), 이재웅(영화), 이재윤(영화), 이재의(영화), 이재중(영화), 이재충(영화), 이재필(영화), 이재한(문학), 이재혁(영화), 이재혁(영화), 이재현(영화), 이재형(문학), 이재환(영화), 이점옥(전통예술), 이정근(방송), 이정근(미술), 이정미(영화), 이정민(영화), 이정민(영화), 이정배(방송), 이정분(전통예술), 이정석(영화), 이정세(영화), 이정숙(전통예술), 이정순(무용), 이정순(미술), 이정식(미술), 이정심(영화), 이정열(음악), 이정엽(전통예술), 이정욱(영화), 이정원(영화), 이정은(영화), 이정인(전통예술), 이정자(전통예술), 이정진(영화), 이정진(영화), 이정철(영화), 이정현(음악), 이정현(음악), 이정현(문학), 이정호(영화), 이정화(무용), 이정환(영화), 이정환(영화), 이정훈(전통예술), 이정훈(영화), 이정훈(영화), 이제우(영화), 이종근(미술), 이종두(영화), 이종모(미술), 이종문(영화), 이종민(문학), 이종삼(영화), 이종석(영화), 이종수(문학), 이종숙(전통예술), 이종열(영화), 이종우(영화), 이종우(영화), 이종욱(미술), 이종원(출판), 이종일(영화), 이종진(전통예술), 이종헌(미술), 이종헌(미술), 이종형(전통예술), 이종호(무용), 이종환(전통예술), 이종훈(영화), 이주생(영화), 이주석(영화), 이주연(미술), 이주영(영화), 이주원(음악), 이주행(영화), 이주현(방송), 이주환(영화), 이주환(영화), 이준규(미술), 이준규(영화), 이준동(영화), 이준식(영화), 이준엽(영화), 이준익(영화), 이준일(영화), 이준학(영화), 이준현(영화), 이준형(음악), 이준호(문학), 이준호(영화), 이중기(문학), 이지담(문학), 이지선(영화), 이지안(영화), 이지애(영화), 이지연(미술), 이지영(영화), 이지원(방송), 이지은(미술), 이지은(영화), 이지혁(영화), 이지훈(영화), 이진명(미술), 이진서(영화), 이진섭(영화), 이진아(미술), 이진영(영화), 이진우(영화), 이진환(영화), 이진희(영화), 이차연(영화), 이찬수(무용), 이찬수(영화), 이창국(영화), 이창동(영화), 이창만(영화), 이창영(영화), 이창현(전통예술), 이창호(영화), 이창희(방송), 이채린(영화), 이채윤(문학), 이천희(미술), 이철(영화), 이철로(출판), 이철재(미술), 이철진(방송), 이청길(전통예술), 이청훈(영화), 이춘근(전통예술), 이춘연(영화), 이춘희(방송), 이충엽(방송), 이충일(영화), 이충진(영화), 이충희(영화), 이쾌우(전통예술), 이큰솔(영화), 이태백(음악), 이태성(영화), 이태수(영화), 이태오(영화), 이태호(영화), 이태호(영화), 이택경(영화), 이택근(미술), 이평현(전통예술), 이필호(문학), 이필훈(영화), 이하나(영화), 이하석(문학), 이하선(영화), 이하송(영화), 이하은(영화), 이하준(방송), 이학권(영화), 이학재(영화), 이한걸(문학), 이한구(전통예술), 이한모(영화), 이한식(전통예술), 이한양(방송), 이함박(영화), 이해선(사진), 이해양(문학), 이해웅(문학), 이해원(영화), 이해창(전통예술), 이향숙(미술), 이향철(영화), 이혁(영화), 이혁상(영화), 이현경(영화), 이현경(영화), 이현명(영화), 이현명(영화), 이현석(문학), 이현수(문학), 이현수(전통예술), 이현수(영화), 이현정(영화), 이현조(문학), 이현주(미술), 이현주(전통예술), 이현주(영화), 이현진(영화), 이현철(영화), 이현화(영화), 이형로(음악), 이형빈(영화), 이형석(영화), 이형순(전통예술), 이형주(영화), 이형택(영화), 이혜경(무용), 이혜련(영화), 이혜원(영화), 이혜진(영화), 이혜헌(영화), 이호근(영화), 이홍기(영화), 이홍복(영화), 이홍원(미술), 이화성(전통예술), 이화숙(전통예술), 이화연(전통예술), 이환(영화), 이환원(영화), 이효경(영화), 이효국(문화일반), 이효민(영화), 이효재(전통예술), 이효재(영화), 이효춘(영화), 이후곤(영화), 이훈희(미술), 이휘빈(영화), 이희선(출판), 이희아(음악), 이희영(미술), 이희자(전통예술), 인병일(무용), 임경민(미술), 임경숙(전통예술), 임경호(영화), 임나무(영화), 임동(영화), 임동영(영화), 임동원(영화), 임동준(영화), 임동창(전통예술), 임동천(문학), 임록영(영화), 임명애(미술), 임명진(문학), 임무철(전통예술), 임미나(영화), 임미선(음악), 임미정(영화), 임민원(영화), 임병빈(영화), 임병삼(출판), 임병주(출판), 임보람(영화), 임상윤(영화), 임석희(방송), 임선미(연극), 임선빈(미술), 임선애(영화), 임성권(영화), 임성락(문화일반), 임성빈(영화), 임성용(영화), 임성훈(영화), 임세리(영화), 임세진(영화), 임술랑(문학), 임승미(영화), 임승진(영화), 임영규(영화), 임영락(방송), 임영선(미술), 임영수(영화), 임영진(영화), 임영호(영화), 임오섭(연극), 임오자(미술), 임우정(영화), 임원근(영화), 임원택(영화), 임은숙(전통예술), 임일영(영화), 임장묵(전통예술), 임재일(미술), 임정혁(영화), 임종민(전통예술), 임종석(미술), 임종세(영화), 임종우(방송), 임준우(영화), 임지수(영화), 임지영(영화), 임지우(애니메이션), 임진선(영화), 임진승(영화), 임찬섭(영화), 임찬영(영화), 임창일(무용), 임채연(영화), 임채훈(방송), 임철우(영화), 임태훈(문학), 임향님(음악), 임헌찬(전통예술), 임현수(방송), 임현식(영화), 임현희(미술), 임형균(음악), 임혜복(방송), 임혜숙(방송), 임혜영(영화), 임혜자(문화일반), 임혜훈(방송), 임호상(영화), 임호영(영화), 임호준(영화), 임훈(영화), 임흥(영화), 임희대(영화), 장건재(영화), 장경순(전통예술), 장권택(전통예술), 장길종

(영화), 장덕재(영화), 장도훈(영화), 장동원(영화), 장동훈(영화), 장래경(영화), 장마리(문학), 장만오(전통예술), 장무령(문학), 장미나(음악), 장미선(영화), 장미자(방송), 장미정(음악), 장미호(전통예술), 장박하(영화), 장백중(전통예술), 장병국(전통예술), 장병원(영화), 장보윤(전통예술), 장서희(영화), 장석남(문학), 장석열(전통예술), 장석원(영화), 장선경(전통예술), 장성연(영화), 장성연(영화), 장성우(영화), 장세영(방송), 장소영(전통예술), 장순향(무용), 장승봉(전통예술), 장승태(전통예술), 장영미(전통예술), 장영숙(전통예술), 장영애(영화), 장영옥(전통예술), 장영일(미술), 장영재(영화), 장영환(영화), 장예원(영화), 장오중(미술), 장요수(문학), 장원석(영화), 장원석(영화), 장원욱(영화), 장원종(영화), 장원준(방송), 장유주(무용), 장윤경(영화), 장은연(영화), 장이규(영화), 장인수(영화), 장일석(영화), 장재권(영화), 장재승(출판), 장재승(연극), 장재영(영화), 장재용(방송), 장재희(전통예술), 장정도(영화), 장정수(영화), 장정숙(영화), 장정화(영화), 장종경(영화), 장지원(무용), 장지훈(영화), 장진(영화), 장진명(문학), 장창영(문학), 장철수(영화), 장태선(전통예술), 장태수(영화), 장한별(영화), 장혁재(영화), 장현근(영화), 장현남(영화), 장현모(문학), 장현우(문학), 장형모(영화), 장형숙(전통예술), 장형욱(영화), 장혜령(영화), 장호준(전통예술), 재연(문학), 재희(음악), 전광열(방송), 전기열(방송), 전길순(전통예술), 전다영(애니메이션), 전다형(문학), 전대성(방송), 전대호(영화), 전득수(영화), 전말선(전통예술), 전미경(미술), 전민자(전통예술), 전병원(영화), 전병준(전통예술), 전병진(전통예술), 전석경(영화), 전선영(영화), 전성빈(영화), 전성호(문학), 전성희(전통예술), 전수경(영화), 전수지(전통예술), 전순애(영화), 전승엽(영화), 전승휘(음악), 전신영(영화), 전영구(영화), 전영문(영화), 전영석(영화), 전영신(음악), 전영준(영화), 전영탁(전통예술), 전옥주(전통예술), 전완식(전통예술), 전용길

(영화), 전용욱(영화), 전용원(영화), 전우병(영화), 전우진(영화), 전유진(영화), 전인걸(영화), 전인삼(전통예술), 전인선(미술), 전장호(영화), 전재영(영화), 전재우(영화), 전종민(영화), 전종우(방송), 전종철(미술), 전주일(영화), 전주현(영화), 전준호(미술), 전지성(영화), 전충룡(영화), 전태수(방송), 전푸르나(영화), 전행자(전통예술), 전현정(방송), 전현희(영화), 전혜선(방송), 전홍규(영화), 전희식(문학), 정민(문학), 정겨운(영화), 정경모(전통예술), 정경은(문학), 정계임(전통예술), 정고은나래(영화), 정광수(영화), 정광영(방송), 정금숙(전통예술), 정기석(문학), 정기순(전통예술), 정기영(만화), 정기완(영화), 정길선(방송), 정낙추(문학), 정남준(미술), 정다미(방송), 정다운(전통예술), 정다은(공연), 정대호(문학), 정덕희(영화), 정도성(영화), 정동수(영화), 정동수(영화), 정동욱(영화), 정동철(문학), 정두환(영화), 정득순(전통예술), 정득순(영화), 정만진(문학), 정만현(전통예술), 정명섭(영화), 정문구(영화), 정미선(영화), 정미정(영화), 정복승(영화), 정부경(방송), 정부일(영화), 정삼성(영화), 정상혁(영화), 정상훈(영화), 정상희(영화), 정석동(전통예술), 정석원(영화), 정석현(영화), 정선주(영화), 정성균(영화), 정성근(미술), 정성보(영화), 정성순(전통예술), 정성은(영화), 정성지(전통예술), 정성진(영화), 정성진(출판), 정세학(미술), 정소영(영화), 정소진(영화), 정수비(방송), 정수자(문학), 정수희(음악), 정순락(전통예술), 정순열(전통예술), 정순태(전통예술), 정슬기(영화), 정승권(영화), 정승은(영화), 정승천(문화일반), 정시학(전통예술), 정아름(영화), 정양(문학), 정연경(영화), 정연근(전통예술), 정연금(출판), 정연아(무용), 정연옥(전통예술), 정연탁(전통예술), 정연하(전통예술), 정영민(음악), 정영민(음악), 정영순(방송), 정영순(전통예술), 정영순(전통예술), 정영우(영화), 정영주(연극), 정영주(전통예술), 정영호(영화), 정영훈(영화), 정영희(전통예술), 정오덕(영화), 정옥경(전통예술), 정옥경

(전통예술), 정옥선(전통예술), 정옥이(전통예술), 정완희(문학), 정요한(영화), 정용국(문학), 정용기(영화), 정용주(음악), 정용채(영화), 정우석(영화), 정우성(영화), 정우영(문학), 정우용(영화), 정원영(미술), 정월주(전통예술), 정유리(영화), 정윤천(문학), 정윤희(영화), 정은아(영화), 정은영(영화), 정은정(방송), 정음영(전통예술), 정의태(문학), 정이형(연극), 정익준(영화), 정익진(문학), 정인(문학), 정인숙(전통예술), 정일근(문학), 정일민(영화), 정일용(영화), 정임숙(전통예술), 정재승(영화), 정재식(영화), 정재영(영화), 정재우(영화), 정재욱(영화), 정재은(영화), 정재진(연극), 정재헌(영화), 정재호(영화), 정재훈(만화), 정정남(영화), 정정숙(전통예술), 정종섭(영화), 정종헌(영화), 정종호(출판), 정종호(영화), 정종화(문학), 정지숙(영화), 정지연(영화), 정지영(미술), 정지원(영화), 정지은(영화), 정지은(영화), 정진옥(전통예술), 정진옥(전통예술), 정진욱(영화), 정진철(영화), 정찬웅(방송), 정찬홍(영화), 정천영(미술), 정철규(전통예술), 정철성(문학), 정철임(전통예술), 정철호(영화), 정춘순(전통예술), 정태수(영화), 정태욱(영화), 정판기(미술), 정필진(영화), 정하나(영화), 정학권(영화), 정한선(영화), 정한솔(영화), 정한창(영화), 정해근(영화), 정해복(방송), 정해양(전통예술), 정해욱(영화), 정해운(전통예술), 정해익(음악), 정현복(영화), 정현숙(영화), 정현우(영화), 정현웅(영화), 정현일(영화), 정현주(영화), 정현진(영화), 정현철(영화), 정현태(영화), 정형래(영화), 정형수(방송), 정형진(방송), 정혜란(무용), 정혜영(영화), 정혜원(영화), 정혜진(전통예술), 정환민(미술), 정환석(방송), 정효정(영화), 정효진(영화), 정훈교(문학), 정희구(애니메이션), 정희성(문학), 정희태(영화), 제이(음악), 조광휘(영화), 조구희(영화), 조군원(영화), 조규영(영화), 조길성(문학), 조남선(전통예술), 조남선(영화), 조남준(영화), 조대근(영화), 조동범(문학), 조동헌(영화), 조동희(영화), 조두연(전통예술), 조란주

(미술), 조말선(문학), 조미경(영화), 조미애(영화), 조미혜(영화), 조민아(영화), 조민영(영화), 조범근(영화), 조범철(영화), 조병욱(영화), 조복운(전통예술), 조봉석(방송), 조봉한(영화), 조삼현(방송), 조상원(영화), 조상준(방송), 조상현(영화), 조상환(영화), 조석현(영화), 조선령(미술), 조선명(영화), 조선미(영화), 조선오(음악), 조설경(영화), 조성국(문학), 조성권(영화), 조성민(방송), 조성상(영화), 조성우(문화일반), 조성익(영화), 조성익(영화), 조성일(문학), 조성제(영화), 조성지(미술), 조성진(연극), 조성찬(영화), 조성현(영화), 조성희(영화), 조소연(음악), 조송주(미술), 조수안(무용), 조수영(영화), 조승현(영화), 조시민(음악), 조신호(미술), 조아라(영화), 조아라(영화), 조아선(영화), 조양숙(전통예술), 조영상(영화), 조영자(방송), 조영천(영화), 조영화 (전통예술), 조옥명(전통예술), 조옥희(영화), 조용완(영화), 조용준(영화), 조용진(영화), 조용호(영화), 조용환(영화), 조운호(영화), 조원(문학), 조원준(영화), 조유수(영화), 조윤수(영화), 조윤아(영화), 조윤아(영화), 조은성(영화), 조은성(영화), 조은애(영화), 조은자(미술), 조익현(전통예술), 조인수(전통예술), 조일수(영화), 조장환(영화), 조재근(영화), 조재은(출판), 조재인(영화), 조재형(영화), 조점옥(전통예술), 조정태(미술), 조정현(영화), 조정호(영화), 조정희(영화), 조준형(영화), 조중연(문학), 조지철(공연), 조진영(영화), 조철현(문화일반), 조철현(영화), 조하연(영화), 조한주(영화), 조현기(영화), 조현민(영화), 조현수(영화), 조현승(방송), 조형래(영화), 조형진(미술), 조혜진(영화), 조혜진(영화), 조호천(영화), 조휘민(음악), 조희섭(영화), 조희정(영화), 조희진(영화), 종민철(영화), 좌경우(영화), 주권기(음악), 주만룡(전통예술), 주민례(애니메이션), 주병익(영화), 주보민(영화), 주연선(출판), 주영상(영화), 주영호(영화), 주용석(영화), 주을돈(영화), 주재호(문학), 주재환(미술), 주정관(출판), 주정현(영화), 주종호(영화), 주학진

(전통예술), 지상화(영화), 지상훈(영화), 지성인(영화), 지성철(전통예술), 지성황(음악), 지요하(문학), 지윤정(영화), 지창주(영화), 지현정(영화), 지현호(영화), 지형식(방송), 지형주(영화), 지호성(영화), 지홍민(영화), 지효선(영화), 진덕화(영화), 진만석(영화), 진민경(영화), 진상길(음악), 진수완(방송), 진승환(영화), 진영민(음악), 진영우(영화), 진영호(미술), 진옥연(전통예술), 진용진(영화), 진창윤(미술), 진현경(전통예술), 진현숙(전통예술), 진현우(영화), 차대섭(영화), 차동신(영화), 차명주(방송), 차미진(영화), 차민석(영화), 차민철(영화), 차상균(영화), 차선영(미술), 차선옥(영화), 차수은(영화), 차승재(영화), 차유림(미술), 차은재(영화), 차재근(문화일반), 차태영(영화), 차택균(영화), 차현진(영화), 차호원(영화), 채명순(무용), 채성복(전통예술), 채수영(문학), 채수정(전통예술), 채영곤(음악), 채정석(영화), 채종호(미술), 채지영(영화), 채충희(영화), 채희윤(문학), 천민수(영화), 천수정(전통예술), 천종권(미술), 천지민(영화), 최경만(음악), 최경민(영화), 최경옥(전통예술), 최경화(전통예술), 최경희(영화), 최광(문학), 최광기(방송), 최광도(방송), 최광민(영화), 최광진(영화), 최광희(영화), 최구용(영화), 최규대(영화), 최근우(영화), 최근호(영화), 최기수(음악), 최기우(공연), 최기우(문학), 최덕수(영화), 최덕혜(전통예술), 최동숙(영화), 최동욱(영화), 최동원(영화), 최동혁(영화), 최동현(문학), 최두진(음악), 최만호(영화), 최말애(미술), 최명진(문학), 최명진(영화), 최문연(영화), 최미르(만화), 최미림(영화), 최미선(영화), 최미애(미술), 최민서(영화), 최민영(영화), 최병관(전통예술), 최병길(전통예술), 최병덕(영화), 최병진(미술), 최병철(영화), 최봉규(영화), 최상(문학), 최상원(방송), 최상현(영화), 최상화(음악), 최석원(영화), 최석준(영화), 최석태(미술), 최석평(영화), 최석필(영화), 최석현(영화), 최선영(영화), 최선화(영화), 최선희(영화), 최성룡(전통예술), 최성아(영화), 최성옥(문

학), 최성일(영화), 최성진(전통예술), 최성진(영화), 최세규(영화), 최세나(영화), 최소담(영화), 최수정(영화), 최순식(영화), 최순영(영화), 최순자(전통예술), 최순조(전통예술), 최승복(출판), 최승철(문학), 최승환(영화), 최쌍점(전통예술), 최양현(미술), 최억(미술), 최연(영화), 최연근(영화), 최연호(연극), 최영선(영화), 최영심(영화), 최영애(문화일반), 최영욱(문학), 최영은(영화), 최영재(영화), 최영철(영화), 최영환(영화), 최영희(전통예술), 최용준(영화), 최용환(영화), 최용환(출판), 최우준(음악), 최우칠(음악), 최원욱(영화), 최월강(문학), 최위안(영화), 최유리(영화), 최유연(영화), 최유정(영화), 최윤(영화), 최윤만(영화), 최윤정(전통예술), 최윤정(영화), 최윤정(영화), 최윤진(영화), 최윤태(영화), 최윤필(전통예술), 최윤희(전통예술), 최윤희(영화), 최율(영화), 최율희(영화), 최은두(영화), 최은영(전통예술), 최은혜(영화), 최은희(무용), 최의덕(연극), 최익건(영화), 최인강(영화), 최임(영화), 최임식(영화), 최장진(전통예술), 최재우(연극), 최재희(영화), 최정규(만화), 최정민(영화), 최정순(영화), 최정식(영화), 최정애(전통예술), 최정원(전통예술), 최정원(출판), 최정필(영화), 최정화(영화), 최정희(전통예술), 최종례(문학), 최종문(무용), 최종민(전통예술), 최종천(문학), 최주연(영화), 최주영(영화), 최주일(방송), 최주현(영화), 최준(영화), 최준영(문학), 최중국(음악), 최지연(영화), 최지영(영화), 최지영(영화), 최지윤(영화), 최진규(전통예술), 최진규(전통예술), 최진영(영화), 최진영(영화), 최진용(영화), 최진욱(영화), 최진택(영화), 최진호(음악), 최진화(영화), 최찬열(무용), 최창열(영화), 최창우(영화), 최창원(무용), 최창윤(문학), 최철기(영화), 최철민(음악), 최철수(영화), 최태규(영화), 최태연(영화), 최태영(영화), 최필선(영화), 최한별(영화), 최해철(영화), 최혁규(영화), 최현석(영화), 최현실(전통예술), 최현심(전통예술), 최현아(영화), 최현용(영화), 최현자(전통예술), 최현준(영화), 최형락(영화), 최형진(영화), 최혜미(영화), 최혜성(전통예술), 최혜진(영화), 최호진(영화), 최홍란(전통예술), 최홍자(미술), 최효석(영화), 최효원(애니메이션), 최효진(영화), 최희용(영화), 추경엽(영화), 추경호(영화), 추말숙(연극), 추상록(영화), 추용현(영화), 추월호(전통예술), 추준호(음악), 탁영주(음악), 탁영호(만화), 탁윤환(영화), 탁현민(공연), 태윤재(영화), 편경우(영화), 표계수(전통예술), 표광소(문학), 표상권(전통예술), 표상우(영화), 표주향(전통예술), 표주희(전통예술), 표한빛(음악), 표효진(방송), 프롤로그(음악), 피재현(문학), 피현숙(전통예술), 하귀영(전통예술), 하기호(영화), 하달용(전통예술), 하미경(문학), 하미숙(문학), 하석원(미술), 하성란(문학), 하성민(영화), 하수민(영화), 하수정(방송), 하순희(전통예술), 하연화(무용), 하용현(전통예술), 하유미(영화), 하응백(문학), 하인숙(전통예술), 하장호(영화), 하재덕(방송), 하점숙(전통예술), 하정숙(전통예술), 하정은(문학), 하종욱(미술), 하지림(음악), 하지원(영화), 하진(영화), 하진경(영화), 하춘자(전통예술), 하효경(영화), 하효희(전통예술), 한결(영화), 한경애(출판), 한경탁(영화), 한경환(영화), 한계명(전통예술), 한광영(영화), 한규석(영화), 한기현(영화), 한남숙(전통예술), 한대수(연극), 한대진(전통예술), 한동엽(영화), 한동익(영화), 한동현(영화), 한동환(영화), 한두희(영화), 한명순(음악), 한명호(영화), 한문수(영화), 한미하(영화), 한미희(미술), 한민철(영화), 한봉수(공연), 한상구(영화), 한상길(영화), 한상만(출판), 한상용(영화), 한상일(음악), 한상준(음악), 한상현(영화), 한선화(음악), 한성근(영화), 한성수(영화), 한성일(전통예술), 한성훈(영화), 한세희(영화), 한송이(영화), 한순자(전통예술), 한승범(방송), 한승상(영화), 한승용(영화), 한승주(영화), 한승희(영화), 한신정(방송), 한아름(공연), 한아름(영화), 한영선(전통예술), 한영수(음악), 한영해(전통예술), 한용덕(전통예술), 한우용(영화), 한우용(영화), 한우진

(문학), 한원(영화), 한유선(영화), 한윤아(영화), 한윤영(영화), 한재우(영화), 한전기(문화일반), 한정식(영화), 한정아(음악), 한정우(영화), 한정화(문학), 한정훈(영화), 한정훈(영화), 한종덕(건축), 한중대(영화), 한지선(문학), 한지윤(전통예술), 한지형(영화), 한창욱(영화), 한창훈(문학), 한태식(영화), 한현숙(전통예술), 한혜선(영화), 한호정(영화), 함민복(문학), 함복규(영화), 함성호(문학), 함세철(영화), 함수연(전통예술), 함영선(전통예술), 함종은(영화), 함철훈(영화), 허경대(영화), 허경자(전통예술), 허남성(영화), 허달용(미술), 허묘임(전통예술), 허무영(전통예술), 허미영(무용), 허삼준(전통예술), 허선미(영화), 허성호(영화), 허순옥(전통예술), 허승구(영화), 허영란(전통예술), 허영선(전통예술), 허우경(무용), 허유경(영화), 허윤경(영화), 허은영(전통예술), 허은희(영화), 허인경(영화), 허자연(영화), 허재형(영화), 허정길(전통예술), 허정무(방송), 허정우(영화), 허정욱(영화), 허정재(영화), 허정환(영화), 허존(영화), 허진찬(영화), 허채봉(전통예술), 허태연(문학), 현규석(영화), 현기영(문학), 현동훈(영화), 현명옥(전통예술), 현상규(만화), 현수연(영화), 현승원(영화), 현아름(영화), 현정훈(영화), 형남철(영화), 형대철(미술), 형성석(영화), 형영자(전통예술), 호상용(영화), 홍기석(영화), 홍기우(영화), 홍돌식(방송), 홍명교(영화), 홍상아(영화), 홍석준(음악), 홍성녀(전통예술), 홍성민(영화), 홍성완(영화), 홍성준(영화), 홍성진(영화), 홍성택(영화), 홍성호(영화), 홍수인(영화), 홍순연(전통예술), 홍승대(영화), 홍승완(영화), 홍승운(미술), 홍승철(영화), 홍승철(영화), 홍승표(영화), 홍승혁(영화), 홍애숙(전통예술), 홍영태(출판), 홍의수(영화), 홍이연정(영화), 홍인기(방송), 홍재식(영화), 홍정애(전통예술), 홍정현(영화), 홍종현(영화), 홍종협(영화), 홍주현(영화), 홍지수(영화), 홍지연(영화), 홍진필(영화), 홍코리(음악), 홍태경(영화), 홍태화(영화), 홍현기(영화), 황경석(영화), 황경택

(만화), 황기욱(영화), 황길엽(문학), 황다현(영화), 황덕하(전통예술), 황돈희(영화), 황동궁(영화), 황미애(연극), 황미연(영화), 황미희(영화), 황병목(문학), 황보성(영화), 황선만(문학), 황선열(문학), 황성록(영화), 황성욱(영화), 황성현(영화), 황수정(영화), 황순권(영화), 황승남(영화), 황승윤(영화), 황시운(문학), 황영준(영화), 황영지(영화), 황예지(영화), 황용주(영화), 황원준(방송), 황윤미(영화), 황은영(음악), 황이진(방송), 황정문 (음악), 황정숙(전통예술), 황정연(방송), 황정욱(영화), 황정현(영화), 황정혜(미술), 황정환(영화), 황준욱(영화), 황중현(영화), 황지인(영화), 황청연(미술), 황춘섭(음악), 황치환(음악), 황태민(영화), 황하민(영화), 황해순(연극), 황현미(방송), 황확성(영화)

[3014년 6월 서울시장 선거 박원순 후보 지지 문화예술인 909명]

간성봉(미술), 강나루(기타), 강력(연극), 강명환(연극), 강보람(연극), 강성수(연극), 강소소(만화), 강신구(국악), 강애심(연극), 강요배(미술), 강유미(연극), 강제권(연극), 강지수(연극), 강지원(연극), 강지은(연극), 강진휘(연극), 강풀(만화), 강현아(만화), 강환규(무용), 고건령(연극), 고경빈(만화), 고아라(만화), 고연옥(연극), 고장환(만화), 고재귀(연극), 고준식(뮤지컬), 공상아(연극), 공재민(연극), 공재민(연극), 곽경묵(기타), 곽대원(미술), 곽동현(연극), 곽영화(미술), 곽용수(영화), 구경(연극), 구근회(연극), 구민정(연극), 구본진(연극), 구영희(기타), 구지현(만화), 구태환(연극), 구혜미(연극), 권겸민(기타), 권기대(연극), 권나연(연극), 권남희(연극), 권동희(기타), 권병길(연극), 권성선(연극), 권영석(미술), 권영심(국악), 권용택(미술), 권우경(기타), 권은경(만화), 권재현(기타), 권지현(뮤지컬), 권택기(연극), 권혁주(만화), 권형우(음악), 기국서(연극), 김건희(미술), 김경(만화), 김경래(만화), 김경익(연극), 김경일(만화), 김경주(미술), 김경진(애미메이션), 김경하(애니메이션), 김경호(만화), 김경희(국악), 김계도(연극), 김관(연극), 김근도(기타), 김기민(영화), 김기태(연극), 김기호(미술), 김나영(연극), 김낙균(연극), 김남수(미술), 김다슬(국악), 김달님(만화), 김대웅(기타), 김대현(기타), 김대호(애니메이션), 김덕수(기타), 김덕진(미술), 김도균(연극), 김도연(애니메이션), 김도영(연극), 김동순(연극), 김동완(연극), 김동욱(음악), 김동욱(연극), 김동원(연극), 김동원(음악), 김동찬(연극), 김동해(연극), 김동혁(기타), 김두범(성악), 김두성(미술), 김뢰하(연극), 김명기1(연극), 김명기2(연극), 김명정(연극), 김명집(사진), 김명집(연극), 김명현(만화), 김명환(연극), 김묘진(연극), 김무경(국악), 김미경(연극), 김미도(연극), 김미영(기타), 김미용(음악), 김미현(연극), 김미혜(미술), 김민정(연극), 김민정(작가), 김민지(기타), 김민하(연극), 김방죽(미술), 김병수(만화), 김보영(애니메이션), 김복만(기타), 김봉건(연극), 김상범(기타), 김상철(기타), 김상훈(국악), 김서경(미술), 김석원(애니메이션), 김석주(미술), 김선구(기타), 김선동(미술), 김선효(국악), 김성민1(기타), 김성민2(기타), 김성수(연극), 김성수(미술), 김성진(기타), 김성호(연극), 김세동(연극), 김수미(연극), 김수정(미술), 김수진(연극), 김수현(애니메이션), 김숙진(전통예술), 김순복(성악), 김숭늉(만화), 김승환(영화), 김신(만화), 김신기(연극), 김아람(연극), 김연수(만화), 김영(영화), 김영경(영화), 김영나(기타), 김영남(음악), 김영아(연극), 김영임(국악), 김영주(기타), 김영준(연극), 김영중(기획), 김영중(미술), 김영탁(출판), 김영훈(연극), 김예정(무용), 김왕근(연극), 김용(기타), 김용길(만화), 김용선(연극), 김용한(만화), 김우성(연극), 김운성(미술), 김원주(미술), 김유경(만화), 김유영(연극), 김유진(미술), 김윤기(미술), 김윤기(미술), 김윤수(미술),

김윤숙(미술), 김윤재(연극), 김윤태(연극), 김윤환(미술), 김윤희(연극), 김은경(연극), 김은숙(미술), 김은아(연극), 김이랑(만화), 김인(만화), 김인숙(연극), 김인숙(국악), 김인순(미술), 김인정(만화), 김일호(연극), 김장호(연극), 김재석(미술), 김재범(출판), , 김재엽(연극), 김재혁(연극), 김재홍(미술), 김재흠(연극), 김정림(국악), 김정선(기타), 김정수(만화), 김정은(연극), 김정헌(미술), 김정화(기타), 김조광수(영화), 김종도(미술), 김종범(만화), 김종선(기타), 김종진(만화), 김주현(기타), 김준권(미술), 김준삼(연극), 김준철(미술), 김준호(연극), 김중기(연극), 김지선(연극), 김지연(기타), 김지영(연극), 김지원(뮤지컬), 김지은(연극), 김지현(연극), 김지후(연극), 김진무(기타), 김진석(만화), 김진영(연극), 김진학(기타), 김진혁(음악), 김진호(기타), 김천(연극), 김천일(미술), 김철수(미술), 김태근(연극), 김태룡(기타), 김태성(연극), 김태수(연극), 김태완(연극), 김태용(영화), 김태웅(연극), 김태형(만화), 김태형(연극), 김태화(연극), 김하연(기타), 김한내(연극), 김한아(연극), 김헌기(기타), 김혁중(연극), 김현(기타), 김현우(연극), 김현종(연극), 김현주(연극), 김형배(만화), 김형수(문학), 김형찬(연극), 김혜나(연극), 김혜련(만화), 김혜연(연극), 김혜원(애니메이션), 김혜진(국악), 김호규(국악), 김홍기(미술), 김홍모(만화), 김환영(미술), 김효영(연극), 김희연(국악), 나기용(애니메이션), 나무밴드(음악), 나석환(만화), 나수아(연극), 나유진(연극), 나정인(애니메이션), 남궁호(연극), 남기영(만화), 남동진(연극), 남명렬(연극), 남수영(영화), 남윤길(연극), 남혜덕(성악), 노광래(미술), 노명희(만화), 노선영(만화), 노순자(문학), 노원희(미술), 노진영(기타), 노현우(연극), 다드래기(만화), 달빛(기타), 동용선(미술), 두시영(미술), 류승각(성악), 류연복(미술), 류재춘(영화), 류주연(연극), 류충렬(미술), 류현미(연극), 리기태(전통예술), 마노(만화), 마르스(이화성), (만화), 마린(음악), 맹봉학(연극),

명랑(만화), 모성진(영화), 무이(음악), 묵원(기타), 문규관(출판), 문병주(연극), 문삼화(연극), 문석(영화), 문영태(미술), 문욱일(연극), 문의영(연극), 문재숙(국악), 문지현(만화), 문진오(음악), 문창완(연극), 문택수(만화), 문형주(연극), 민경준(음악), 민경현(연극), 민상철(연극), 민정기(미술), 민찬홍(연극), 민형(만화), 바비언니(기타), 박가희(기타), 박건웅(만화), 박경미(국악), 박경옥(연극), 박경훈(미술), 박기원(연극), 박동현(만화), 박만두(만화), 박병규(만화), 박병기(음악), 박불동(미술), 박상천(음악), 박상현(연극), 박석주(기타), 박성식(만화), 박성연(연극), 박성우(만화), 박성희(연극), 박소정(연극), 박수정(연극), 박신희(기타), 박야일(미술), 박연화(연극), 박영균(미술), 박영우(출판), 박영희(전통예술), 박옥화(국악), 박용빈(미술), 박유진(기타), 박윤정(연극), 박윤희(연극), 박은태(미술), 박은화(전통예술), 박응주(미술), 박장근(미술), 박장렬(연극), 박재동(만화), 박재성(만화), 박재순(국악), 박재옥(애니메이션), 박재형(만화), 박재호(기타), 박재홍(연극), 박정곤(국악), 박정길(연극), 박정민(연극), 박정준(미술), 박정호(연극), 박종곤(국악), 박종근(기타), 박종철(국악), 박주영(애니메이션), 박준성(연극), 박지나(미술), 박지영(기타), 박지일(연극), 박진규(연극), 박진화(미술), 박진희(연극), 박진희(미술), 박찬국(연극), 박찬우(미술), 박찬욱(영화), 박찬울(음악), 박찬진(연극), 박찬현(연극), 박찬호(연극), 박창희(연극), 박춘근(연극), 박하늘(연극), 박혜영(연극), 박호빈(기타), 박호산(연극), 박홍식(미술), 박홍주(전통예술), 방승조(만화), 방승환(국악), 방지영(연극), 배미정(미술), 배선애(연극), 배수백(연극), 배순탁(기타), 배정민(영화), 배종남(미술), 백석현(연극), 백이슬(연극), 백현주(기타), 백훈기(연극), 변대섭(미술), 변정주(연극), 봉선옥(미술), 불친절(만화), 비비안(기타), 서나영(연극), 서민균(연극), 서민정(뮤지컬), 서성란(문학), 서수경(미술), 서이숙(연극), 서정민(국악), 서진(연극), 서찬휘(만화), 서한우(국악), 석우(만화), 선민(연극), 성기완(연극), 성노진(연극), 성시영(국악), 성주호(기획), 성춘석(미술), 성효숙(미술), 소희정(연극), 손경원(연극), 손병휘(음악), 손보민(기타), 손순옥(미술), 손영익(미술), 손장섭(미술), 손종학(연극), 손호성(연극), 송동근(만화), 송래현(만화), 송문익(미술), 송선후(음악), 송영학(연극), 송은영(기타), 송인효(음악), 송일석(미술), 송정희(국악), 송창(미술), 송현석(연극), 송현섭(연극), 송형종(연극), 송효섭(미술), 승정연(만화), 시수까스게리야라이넨(음악), 시즈(만화), 신경호(연극), 신금호(미술), 신덕호(연극), 신동일(음악), 신동훈(연극), 신만종(국악), 신성웅(국악), 신성환(연극), 신영희(만화), 신유경(만화), 신인규(기타), 신인선(기타), 신재환(연극), 신정만(연극), 신철진(연극), 신학철(미술), 신현실(연극), 신희영(국악), 심겸시(연극), 심세연(미술), 심영민(연극), 심윤보(연극), 심윤수(만화), 심정수(미술), 심철종(연극), 아모리(만화), 안광준(미술), 안민영(연극), 안소휘(문학), 안영수(기타), 안진의(음악), 안찬수(기타), 안태준(연극), 안현(연극), 안희주(연극), 양미애(기타), 양상용(미술), 양우석(감독), 양은영(연극), 양은주(연극), 양정화(영화), 양창용(연극), 양희성(미술), 억수씨(만화), 엄경환(연극), 엄순미(미술), 엄재경(만화), 엄재오(미술), 엄진선(연극), 여미정(기타), 여유(음악), 여태명(미술), 여호경(만화), 연제원(기타), 연제원(만화), 염모(만화), 오광열(기타), 오민애(연극), 오석훈(미술), 오세곤(연극), 오승진(음악), 오일룡(연극), 오종선(미술), 오주석(연극), 오현아(음악), 오호진(연극), 우디(기타), 우미화(연극), 우주소(연극), 우현아(뮤지컬), 원종철(연극), 위종만(미술), 유노(만화), 유담운(애니메이션), 유대수(미술), 유미(뮤지컬), 유성진(연극), 유승구(음악), 유승일(연극), 유승진(만화), 유승하(만화), 유종연(기타), 유진희(연극), 유창선(연극), 유창환(미술), 유현석(만화), 유호선(만화), 유희석

(만화), 윤경령(만화), 윤돈선(연극), 윤상현(기타), 윤석남(미술), 윤소라(기타), 윤솔지(연극), 윤수애(연극), 윤수종(음악), 윤시중1(연극), 윤시중2(연극), 윤예인(연극), 윤용국(미술), 윤위상(연극), 윤정모(문학), 윤정환(연극), 윤종구(연극), 윤중강(국악), 윤지민(연극), 윤창업(영화), 윤태호(만화), 윤한솔(연극), 은행수(만화), 이가을(연극), 이경미(미술), 이경열(연극), 이경주(국악), 이경준(뮤지컬), 이계창(연극), 이구영(미술), 이규완(기타), 이근수(미술), 이기욱(연극), 이나경(미술), 이대복(연극), 이대연(연극), 이대희(기타), 이동민(연극), 이동선(연극), 이동영(연극), 이동주(기타), 이동준(연극), 이두성(미술), 이두희(미술), 이득현(기타), 이림(만화), 이말다(미술), 이명복(미술), 이명수(만화), 이명희(연극), 이무기(만화), 이문식(연극), 이미경(연극), 이미희(음악), 이민우(연극), 이부산(국악), 이상혁(연극), 이상희(연극), 이서연(연극), 이서율(연극), 이석호(연극), 이성구(연극), 이성용(연극), 이성은(기타), 이성일(연극), 이소영(음악), 이수진(음악), 이순도(국악), 이순조(국악), 이승도(기타), 이승동(기획), 이승불(기타), 이시현(만화), 이신영(연극), 이안(만화), 이애현(기타), 이양구(연극), 이영석(연극), 이영숙(연극), 이영은(연극), 이영학(미술), 이예성(기타), 이오연(미술), 이용녀(연극), 이원석(미술), 이원재(기획), 이유미(연극), 이윤기(미술), 이은하(만화), 이인철(미술), 이일균(연극), 이자순(연극), 이재교(출판), 이재성(연극), 이재윤(연극), 이재율(미술), 이재화(연극), 이재훈(연극), 이정미(연극), 이정헌(만화), 이정호(연극), 이정훈(국악), 이정희(미술), 이종구(미술), 이종규(만화), 이종근(미술), 이종무(연극), 이종범(만화), 이종헌(미술), 이종희(미술), 이주형(국악), 이주호(기타), 이준수(연극), 이준영(연극), 이준학(기타), 이중덕(무용), 이즐라(만화), 이지연(국악), 이지연(영화), 이지영(기타), 이지훈(연극), 이진구(기타), 이진석(미술), 이진수(국악), 이진우(국악), 이철

수(미술), 이철은(연극), 이충호(만화), 이태경(만화), 이태섭(연극), 이태안(만화), 이태환(연극), 이필주(연극), 이하(미술), 이해성(연극), 이향우(만화), 이현주(만화), 이현주(연극), 이현찬(연극), 이혜린(기타), 이혜영(만화), 이호성(연극), 이호순(기타), 이호윤(애니메이션), 이홍원(미술), 이화성(기타), 이화진(연극), 이효은(기타), 이훈경(기타), 이희영(연극), 임근아(연극), 임덕영(만화), 임석남(만화), 임선빈(연극), 임선택(기타), 임수연(국악), 임순례(연극), 임승묵(음악), 임영선(미술), 임영욱(미술), 임옥상(미술), 임윤호(기타), 임인자(연극), 임정규(기타), 임정은(연극), 임정혁(연극), 임정희(연극), 임진순(연극), 임철빈(기획), 임춘섭(국악), 임평룡(국악), 임학순(연극), 장경호(미술), 장대현(만화), 장석진(기타), 장성익(연극), 장순일(미술), 장용철(연극), 장윤주(영화), 장진영(미술), 장찬우(연극), 장혁진(연극), 장형윤(애니메이션), 재수(만화), 전경옥(음악), 전경인(음악), 전국향(연극), 전선우(연극), 전소현(연극), 전승일(미술), 전영일(전통예술), 전인철(연극), 전진경(미술), 전진기(연극), 정광국(기타), 정규환(영화), 정나진(연극), 정낙묵(미술), 정남준(미술), 정명근(기획), 정명원(연극), 정문식(음악), 정민영(애니메이션), 정병호(연극), 정선영(뮤지컬), 정성완(만화), 정성훈(영화), 정세학(미술), 정세희(연극), 정소정(연극), 정수연(미술), 정안나(연극), 정양아(연극), 정연주(애니메이션), 정용연(만화), 정원영(기타), 정윤철(감독), 정의욱(기타), 정재훈(만화), 정재훈(연극), 정정엽(미술), 정종복(연극), 정종수(만화), 정주아(애니메이션), 정주희(연극), 정채열(미술), 정철희(기타), 정필원(만화), 정하니(연극), 정헌영(만화), 정현서(음악), 정형석(연극), 정혜용(만화), 정환희(연극), 조덕희(기타), 조만수(연극), 조문경(연극), 조성원(기타), 조수아(연극), 조승우(기타), 조신호(미술), 조원국(영화), 조은성(영화), 조은주(음악), 조은호(연극), 조재형(영화), 조정준(영화), 조정태(미술), 조지연(전통예술), 조판수(뮤지컬), 조한(기타), 주완수(미술), 주재환(미술), 주정훈(연극), 주호민(만화), 지건우(연극), 지성훈(연극), 지춘성(연극), 진영(연극), 진이자(연극), 진종민(기타), 진종민(연극), 진창윤(미술), 차성진(만화), 차순배(연극), 차일환(미술), 차재성(연극), 채승훈(연극), 천승효(국악), 천정하(연극), 최경아(만화), 최명수(연극), 최무인(연극), 최미환(음악), 최민승(기타), 최민화(미술), 최범(미술), 최병수(미술), 최세아(연극), 최수목(국악), 최수환(미술), 최승일(연극), 최신호(기타), 최연택(기타), 최영미(음악), 최영주(연극), 최우칠(국악), 최유진(애니메이션), 최윤진(만화), 최윤철(연극), 최인규(기타), 최인선(만화), 최일순(연극), 최임수(연극), 최재희(만화), 최정규(만화), 최정화(기타), 최종원(연극), 최지연(연극), 최지훈(연극), 최진영(연극), 최평곤(미술), 최한결(연극), 최현용(영화), 최호인(기타), 최효정(연극), 쿠키문(만화), 큐브스(만화), 클라리(만화), 탁영호(미술), 하경화(연극), 하민석(만화), 하응백(국악), 하지숙(기획), 하현주(음악), 하효진(국악), 한명순(국악), 한범택(국악), 한상희(성악), 한승열(연극), 한유진(미술), 한일경(뮤지컬), 한정수(연극), 한지혜(애니메이션), 한철희(무용), 한형민(연극), 한혜수(연극), 함종호(미술), 함형숙(만화), 함형식(연극), 해츨링(만화), 행수(기타), 허달용(미술), 허만재(애니메이션), 허일두(국악), 허정숙(음악), 현대철(연극), 현은영(연극), 현희(만화), 호두용사(만화), 홍성웅(미술), 홍예성(뮤지컬), 홍윤희(연극), 홍재승(만화), 홍정혜(연극), 홍준표(애니메이션), 홍철희(연극), 황건(연극), 황경태(만화), 황미영(연극), 황선화(연극), 황애자(연극), 황영찬(만화), 황윤예(미술), 황윤희(연극), 황재형(미술), 황준호(만화), 황중선(만화)

(출처 : 정찬 기자, 「문화예술계 블랙리스트, 세월호-문재인-박원순 지지선언 명단」, 『폴리뉴스』, 2016. 10. 12)